언제나 그랬듯
다 지나갈 거예요

동그라미

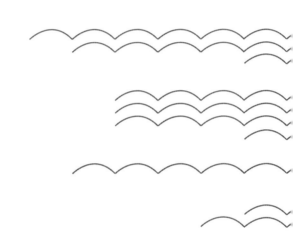

어릴 적부터 포기하면 안 된다는 것만 배워 왔다. 왜 포기하면 안 되는지, 포기하면 무슨 일이 일어나는지는 그 어떤 어른도 가르쳐 준 적 없다. 포기는 나쁜 것이라고만 배워 왔고, 포기하는 것은 인생의 패배자가 되는 것이라는 인식이나 심어 줬다. 그래서 어떤 일이든 꾸준히 혹은 억지로, 열심히 혹은 억지로 해 왔다. 나의 의지와는 상관없이 그렇게 하는 게 당연한 줄만 알고 살아왔다. 어른이 되고, 혹은 어른이 되기 훨씬 이전부터 포기해야 하는 것들이 많았음에도 어쩔 수 없이 해 왔다.

우리의 삶에는 약간의 포기가 필요하다. 모든 사람이 포기하며 살지만, 그게 포기인 줄도 모르고 포기한다. 다만 필요에 의한 포기를 해야 한다. 무작정 포기하는 것

이야말로 인생에서 패배자가 되는 일이 될 것이다. 다만, 우리 인생에서 필요 없는 일을 하고 있다는 판단이 서면 바로 포기해도 좋다. 그렇게 다른 것들에 투자할 수 있는 시간을 벌어야 한다. 우리가 살아가는 세상을 탓하고 싶지는 않지만 그렇게 하지 않으면 살아가기 벅찬 세상인 건 틀림없는 사실이니까.

훗날 이런 고민을 했다는 사실에 흐뭇함과 민망함, 대견한 감정이 들 것 같다. 우리 참 열심히 산다.

Prologue
삶에는 약간의 포기가 필요하다

모든 게 무너지게 될까봐 · 그리 복잡하지도 않은
· 오히려 단순함에 가까운 · 방전 · 잠시 쉬어 가는 게
나의 마지막이 될까 봐 · 요령 · 열정이 사라진 지금
· 무너지기 · 무언가의 무언의 압박 · 위태로운 삶 ·
낙법 · 벽 · 오늘은 여기까지 · 위안 · 포기도 자유입
니다 · 비행기 모드 · 그날의 컨디션 · 천천히 여유
롭게 · 앞만 보고 달려가다 보면 · 어차피 본인의 삶
이니 판단은 본인이 하는 겁니다 · 여백과 공백 · 적
당한 열정과 적당한 냉정을 · 그냥 대충 살아요 · 멋
대로 살겠습니다 어차피 제 사정입니다 · 애쓰지 마
요 · 아쉬운 대로 살아가기 · 내 삶은 · 인간이기 때
문에 완벽할 수는 없습니다 · 완벽하지 않아서 다행
입니다 · 평가 · 나의 삶 · 나의 삶과 남의 삶 · 무엇
을 위해서 · 내 삶에 내가 없는

오늘의 포기 · 틀에 박혀 제 멋대로 살아가기 · 나름
대로 · 억지 · 현실 · 성공을 원한다면 · 무너지게 된
덕분에 일어날 수 있다는 걸 알았지 · 실패와 성공
포기와 도전 · 근자감 · 미완 · 누군가에게 읽히는
삶을 살아가고 있습니다 · 견디지 못한다면 · 부와
명예 · 나태 · 성공한 삶 도전하는 삶 · 빡빡한 세상
나라도 대충 살아야지 · 그렇게 해도 살아갈 수만
있다면 · 모르겠다 그냥 될 대로 되겠지 · 목표 · 완
벽 · 낮아지기 · 완벽한 사람은 없습니다. · 무작정 ·
이 모양 이 꼴 · 생각처럼 · 아닌 건 아닌 것 · 생각
하기 나름인 세상 · 긍정과 착각 · 반신반의 · 당연
한 것은 생각하기 나름인 것을

우리의 평범한 이야기로는 큰 위로가 되지 않을 겁니다 · 나만의 세상 · 문장이 가진 힘 · 상처 주기 · 설명 · 어른 아이 · 오래된 물건 · 피치 못할 그런 사정 · 책 한 권에 담긴 이야기 · 미래를 걱정할 시간에 과거에 잠시 다녀오겠습니다 · 돌아가고 싶은 순간 · 성격이나 습관 때문에 · 있을 때 잘하세요 · 관계 끝 · 어쩔 수 없이 잘 될 거라고 했다 · 어떤 아픔에 대해 솔직해지기 · 규칙 · 이유 · 힘 · 사진 인화기 · 함께 오래 · 사진 · 어떤 순간은 너무 행복했기에 · 좋은 것들 · 나는 잘 지낸다며 또 거짓말을 하겠지 · 외로움에 익숙해지지 말 것 · 사소한 것의 힘 · 소중한 것 · 마음이 건강한 사람 · 쓸쓸함 · 그러기 위해서 살아가는 겁니다 · 이게 다 여러분 덕분입니다 · 모순덩어리

잘될 거라는 말 · 간절함은 무기가 아닙니다 · 상상만으로도 · 일어나지도 않은 세상에 없는 일 · 오늘 · 사소한 일은 사소하게 넘기길 · 언제든 · 무모한 도전 · 의심과 반복 끝은 포기 · 과감 · 오늘도 저는 나태하겠습니다 · 이렇게라도 버텨내야 하는 세상이 · 할 수 있다 해야만 한다 · 어떻게든 흐르는 시간 · 언제부터 진실에도 능력이 필요했나요 · 요즘 세상 · 특별한 삶이 살고 싶은 당신에게 · 소나기 · 기회는 많습니다 실패를 두려워하지만 않는다면 · 포기는 할 수 있죠 마지막이 될 수도 있고요. · 모든 생각과 모든 판단에 · 거짓말 · 흘러넘치다 · 멋대로 살아도 됩니다 다름을 증명할 수 있다면 · 증명 · 확실하지 않은 혹시나 하는 마음이라도 · 박수 · 가만히 있어서는 나는 변하지 않는다 · 세상이 변해가는 건 속도의 문제가 아니겠지 · 우울 · 현실부정 · 힘들어도 결국 괜찮아 지겠지 · 계절

Epilogue
이런 세상이라도 괜찮습니다

1부

멈출 수 없는
당신에게

모든 게 무너지게 될까 봐

충분히 행복한 현재를 살아가고 있음에도 어쩌다 보니 과거를 그리워하며 살고 있습니다. 과거의 내가 지금보다 더 행복하지 않았던가 하는 비교나 하고 있다는 말입니다. 그런 비교나 하고 살아가는 데는 이유가 있습니다. 아마도 과거의 저는 꽤나 확신에 찬 미래를 생각하고 있었던 덕이 아닌가 싶습니다. 요즘은 그런 미래에 대해 확신을 할 수 없어서 과거를 그리워하는 현재를 살아가고 있는 것 같습니다. 대충 살아서는 당장 내일의 내가 어떻게 살아가게 될지 아무것도 모르겠다는 말입니다. 그동안 쌓아 왔던 모든 게 무너지게 될까 두렵습니다.

무너지는 건 많이 해 봤습니다. 그래서 어떻게 하면 훌훌 털어 버리고 일어날 수 있는지도 잘 압니다. 문제는 이번에 무너지면 무너지는 동안 많이 다칠 것 같다는 것입니다. 그래서 두렵습니다. 무너지는 것 이상의 무언가가 있을 것 같아서요.

그리 복잡하지도 않은
오히려 단순함에 가까운

세상은 복잡하지 않습니다. 우리가 생각하는 그 어떤 무엇보다도 단순합니다. 세상이 어려워지는 순간이 있다면 그건 아마 이 세상에서 많은 것을 기대하고 있는 상태일 수도 있겠습니다. 노력한 만큼의 결과를 가져다 주는 건 우리가 살아가는 세상이 해야 할 일이 아닙니다.

남들이 하는 말대로 노력한 만큼의 결과는 생각보다 더 많은 노력이 있었던 것일지도 모르겠습니다. 보통 그런 이야기를 하는 사람들은 대부분 각자의 위치에서 어느 정도의 성공을 맛본 사람들이나 하는 이야기일 테니까요. 그러니 당연히 노력과 결과가 비례한다고 할 수 있는 거겠죠. 노력과 결과는 확실히 비례합니다. 하지만 우리는 어느 정도의 노력을 해야 하는지 잘 모릅니다. 결론은 원하는 결과가 나올 때까지 세속해시 노력하는 수밖에 없습니다. 노력한다고 해서 당장 결과가 나오는 것도 아닙니다. 그렇다고 해서 노력하지 않은 건 또 아니고요. 원래 노력이 빛을 보려면 끝까지 해 봐야 합니다. 끝을 보기 전까지는 잘 모르는 겁니다. 노력은 배신하지 않는다는 말이나 믿고 하는 수밖에 없겠죠. 괜찮습니다. 사는 게 다 이렇습니다.

방전

노력하지 않는다면

아무것도 될 수 없고

노력한다고 해서

모든 게 될 수 있는 건 아니지.

이런 사실이 나를 조금은 지치게 만든다.

언제나 그랬듯
다 지나갈 거예요

잠시 쉬어 가는 게
나의 마지막이 될까 봐

"잠시 쉬어 가도 될까?"

스스로 끊임없이 던지는 질문이다. 힘들면 쉬어 가는 게 당연한 일이지만 휴식을 위해 나의 모든 것을 놓아 버리는 그 찰나의 순간에 정말 모든 것을 잃게 될까 두렵기 때문이다. 물론 그다지 잃을 것은 없지만 그나마 조금이라도 있는 그것들마저 잃게 될까 두려운 것이다. 지나고 나면 별것도 아닌 힘듦이었다고 생각할 것이라는 건 너무 잘 알고 있지만 중요한 건 지금 내가 쉬어 가야 할 것 같은 느낌은 받는다는 것이다.

하지만 난 잠시라도 쉬어갈 수가 없다. 일종의 강박증 같은 거라고 보면 되는데, 단 한 번도 놓아본 적 없어서 놓는 방법도 모를뿐더러 이걸 놓게 되는 순간 앞서 말했던 것처럼 정말 모든 것을 잃게 될 것 같다는 강박감이 나를 압박하고 있기 때문이다. 물론 잠시 쉬어 간다고 해서 나의 모든 것이 무너지는 일은 없으리라는 것도 잘 알고 있지만, 그것과는 별개로 아직도 난 내 삶을 잠시 쉬어 가는 게 두렵다. 이 상태가 계속되면 정말 무너지게 될 것이라는 걸 너무나도 잘 알면서 말이지.

잠시 쉬어 가는 게 나의 마지막이 될까 봐. 아니라는 걸 알면서도 잠시라도 쉬어 가지 못하고 결국 무너지게 되겠지.

언제나 그랬듯
다 지나갈 거예요

요령

시작이 반이라는 말과 끝을 잘 맺는 게 중요하다는 말 중 무엇 하나 틀린 말은 없다. 그러면 모든 일에 시작과 끝을 이토록 최선을 다해 살아야 하는 걸까. 조금은 요령껏 살아갈 수는 없을까. 이쯤 됐으면 조금은 요령껏 살아갈 수 있는 날이 종종 있었으면 좋겠다. 요령이 없으니 조금이라도 나태해질 때면 그만큼의 위험이 따르게 되는 거고. 그리고 이 위험은 곧 현실로 다가오게 되는 경우가 많다. 고기도 뜯어본 놈이 뜯을 줄 안다는 말이 있듯, 요령도 피워본 놈이 피울 줄 아는 것이다.

인생을 요령껏 사는 것도 엄청 나쁜 방법은 아니라 생각한다. 최선을 다하다 보면 요령이 생기게 될 거고 그때가 되면 최선을 다하는 삶은 살고 싶지 않다. 요령껏 인생을 살고 싶다. 인생을 요령껏 살아갈 수 있을 정도면 대단한 것 아닌가.

열정이
사라진 지금

모든 일에 열정적이었던 때로 돌아가고 싶다. 쉽게 말해 초심을 되찾고 싶다는 말이 될 수 있겠다. 모든 일에 열정적이어서 어떤 일이든 반드시 해낼 수 있다는 자신감에 차 있던 그때로 돌아가고 싶다. 요즘은 과거를 후회하는 일보다 과거를 그리워하는 현재를 후회로 살아가고 있다. 무엇 때문이었을까. 모든 일에 열정적이었던 탓에 방전이라도 되어 버린 것일까. 과연 무엇이 문제였을까. 무엇이 문제였는지 알게 된다면 해결할 방법도 알 수 있지 않겠냐는 생각에 무엇이 문제인지 계속해서 고민하고 또 고민해 보았지만, 해결할 수 없다면 포기해야 한다는 생각에 지배되고 있었다.

사실 포기하고 싶지 않을 뿐이지. 한 번쯤은 포기해도 좋다. 포기해서 뭔지 모를 찝찝한 것을 만들고 싶지 않은 자기 욕심일 뿐이지. 아니면 이런 고민을 하고 있다는 핑계로 아무것도 안 하고 싶은 것일 수도 있고, 또 사실은 무기력해진 탓에 아무 생각도 하지 않고 사는 것일 수도 있겠다. 따지고 보면 다 맞는 상황인 것 같다. 나의 커리어에 오점을 만들고 싶지 않고, 주어진 일을 완수하지 못했다는 죄책감에 시달리고 싶지도 않고, 너무 달려온 탓에 지쳐있는 것을 인정하고 싶지가 않고, 나태해진 삶을 인정하고 싶지 않았다.

언제쯤 모든 일에 열정적일 수가 있을까. 이게 맞는 걸까 생각하며 누구나 그렇듯 하루하루가 선택인 삶을 살아가고 있다. 어떤 선택을 해야 더 좋은 결과가 있을지 생각할 게 아니라 어떤 선택을 해야 후회하지 않을까 생각이나 하고 있다. 너무 지쳤다. 이제, 조금은 내려놓아도 될 것 같다. 무너지게 되는 게 두렵지 않을 만큼 지친 것 같다.

무너지기

별일 없이 잘 지내는 것 같지만 꼭 그렇지만은 않습니다. 잘 지내는 게 아니지만 잘 지내는 것처럼 보이는 이유는 아마도 한 번 무너지게 되면 걷잡을 수 없이 무너지게 될 걸 너무 잘 알기에 무너지지만 말자고 수도 없이 되뇌고 있는 덕일 겁니다.

작가로 살아가며 무너진 적이 없기에 무너지면 어떻게 털고 일어서야 할지도 잘 모르겠습니다. 지금은 단지 무너지지 않기 위해 시간을 끌고 있던 셈입니다. 곧 무너지게 될 겁니다.

언제나 그랬듯
다 지나갈 거예요

무언가의
무언의 압박

모든 것을 내려놓고 싶을 겁니다

지쳤다는 말로는 표현할 수 없을 만큼

이제는 그만 쉬어 가도 될 때가 된 것 같은데

알 수 없는 무언가의 무언의 압박이

우리를 이토록 힘들게 만듭니다

위태로운 삶

새로운 도전이 있어야 새로운 삶이 있고 발전이 있는 삶이 될 텐데 그러지 못하는 이유는 새로운 도전에는 내가 가진 많은 것들의 상당 부분을 걸어야 한다는 치명적인 단점이 있기 때문이다. 원래 많은 것을 걸어야 많은 것을 얻게 되는 게 세상의 이치라고는 하지만, 새로운 도전이 필수가 되는 요즘 세상에선 너무 위태로운 삶을 살아가고 있는 것이라고밖에 할 수 없다.

무엇을 도전하는 일조차
많은 것을 걸어야 하는
위태로운 삶을 살아가는 우리.

언제나 그랬듯
다 지나갈 거예요

낙법

무너지면 안 된다고 누가 그랬습니까. 누구 하나도 무너지면 안 되는 이유에 대해 설명을 해준 적 없습니다. 무작정 무너지는 건 안 된다, 무너지게 되는 순간 모든 게 수포로 돌아가게 된다고 누가 그런 정의를 내린 겁니까. 하루 이틀을 살아가는 것도 아니고 몇 년도 아닌 수십 년을 살아가면서 어떻게 단 한 번도 무너지지 않고 흔들리지 않고 살아갈 수 있다는 말입니까.

사람이 잘 살아가려면 필요에 따라서 무너지기도 하고 흔들리기도 하며 살아가야 하는 겁니다. 무너져도 됩니다. 흔들려도 됩니다. 무너지면 다시 일어서면 되는 거고 흔들리면 꺾이지만 않을 수 있게 적당히 힘을 빼고 그 순간을 넘어가면 되는 겁니다. 격기 운동을 배울 때 가장 우선적으로 배우는 게 낙법입니다. 상대방의 공격으로부터 내 몸을 최대한 안전하게 지키는 방법을 익히는 게 가장 우선시 됩니다. 그건 그 어떤 대단한 스승의 이론을 아는 것보다, 낙법을 할 상황을 많이 축적하여 몸이 기억하게 만드는 게 정답일 겁니다. 그렇게 몇 날 며칠을 넘어가기만 하다 보면 비로소 넘어가지 않는 방법을 알게 됩니다. 넘어질 줄 알아야 넘어가지 않는 방법을 알게 된다는 말입니다. 간단하게 생각해 봅시다. 지금 당장 내가 무너진다고 해서 앞으로의 내가 무너지는 일만 일어나는 건 아니지 않습니까.

몇 번의 무너짐이 나를 더 견고하게 만들 겁니다. 무너지게 될 때는 무너지기도 하면서 살아갑시다. 무너지지 않으려 버티다 보면 언젠간 부러지게 될 테니까요.

벽

종종 무너집니다

그리고 무너진 채로 나아갑니다

그러다 어느 벽에라도 부딪힐 때면

그제야 벽에 기대어 일어섭니다

오늘은 여기까지

오늘만 날이 아닙니다. 어쩔 수 없는 사정으로 오늘이 아니면 안 되는 일은 극히 드뭅니다. 오늘이 아니어도 되는 일이 훨씬 더 많습니다. 오늘 할 수 없다면 내일의 나를 믿어 보기로 합시다. 내일의 나에게 무책임하게 떠넘기고 오늘의 내가 조금은 편해지자는 말입니다. 안 되는 걸 억지로 잡고 있어 봐야 될 것도 안 되는 지경까지 이르게 될 겁니다. 평소에 잘 되던 것도 안 되는 날이라는 게 분명히 존재합니다. 안 되는 날에는 뭘 해도 안 됩니다. 아무리 노력해도 안 되는 것 같다면 오늘이 날이 아닌 겁니다. 이만하고 여기서 마무리 짓는 것도 방법입니다. 오늘은 여기까지만 하도록 합시다.

매일이 완벽한 사람이 있다면 사람이라고 할 수도 신이라고 할 수도 없을 겁니다. 그 어떤 신이라고 불리던 존재가 모두 완벽했다고 할지라도 사랑이라는 감정 앞에서 완벽하지 못했으니까요. 우리가 어떤 상황에서든 완벽하지 못하는 건 당연한 이야기지, 어떤 상황에서든 완벽할 수 있다면 감정이 없는 게 아닌지 한 번쯤은 의심해 봐야 합니다. 제아무리 멘탈이 좋고 마인드 컨트롤을 잘하는 사람이 있다고 하더라도 그 사람들도 분명 흔들릴 뿐 티가 잘 안 나는 사람일 것입니다. 자기만의 방법으로 잘 이겨낼 줄 아는 것이지. 대부분의 사람은 그걸 잘 못하고, 저는 그 대부분의 사람에 속한 평범한 사람일 뿐입니다.

위안

의지만으로는 할 수 없는 일이 있는 겁니다. 그럴 땐 그
냥 의지를 가졌던 것만으로 잘한 일이라고 합시다. 이런
말도 안 되는 것이라도 위안 삼으며 살아야 합니다. 언제
무너져도 이상하지 않을 세상에 이 정도 위안은 애교로
봐줍시다.

포기도
자유입니다

언제부터 선택은 자유라는 말에 포기가 제외되어 있었나요.

자랑은 아니지만 제가 제일 잘하는 건 포기하는 것입니다. '아니면 말고'라는 생각을 가장 많이 하는 것 같습니다. 일단 해 보고 안 되면 그때 가서 포기하면 되는 거고, 그 포기에 누군가의 눈치를 보지 않는다는 겁니다. 한 번뿐인 인생. 하고 싶은 걸 다 해 봐도 모자랄 판에 할 수 있는 범위 안에서는 자기 멋대로 하고 싶은 대로 해야 하는 거 아니겠어요. 포기하지 않고 계속 이어 나가는 건 아직 할 수 있다는 증거이고, 포기해야 할 때 포기할 줄 모르는 건 멍청한 겁니다. 우린 이런 거로 멍청해지지 맙시다.

언젠간 분명 저에게도 모든 일에 포기하지 않고 끝까지

나아간 적이 있었습니다. 17살 때였는데, 운동선수 생활을 할 때였고 어쩔 수 없이 잦은 부상이 있었기에 신체적인 조금의 불편함 정도는 크게 신경 쓰지 않았습니다. 그러다 너는 버티지 못할 것 같아서 병원에 갔더니 피로 골절이라고 했습니다. 다리뼈가 골절된 상태로 이미 한 달이 넘게 흘러 뼈가 붙어가고 있는 상태라고. 내가 고통에 둔한 편이긴 하지만 이건 고통의 문제를 넘어선 문제였는데 오직 뒤처지면 따라갈 수 없다는 강박관념 때문에 포기하지 않았던 것입니다. 그 결과가 몇 달이라는 시간 동안 뼈가 다시 제대로 자기 자리를 잡을 수 있게 무작정 휴식하는 것이었고요.

그땐 작은 욕심 같은 것이었습니다. 나도 할 수 있다는 것을 증명하고 싶었고 지금 내가 증명하지 못한다면 모든 것이 수포로 돌아가는 것이라며 스스로 채찍질을 했습니다. 물론 좋은 경험이었습니다. 나에게 그만큼의 의지가 있다는 것을 알 수도 있었고 자신을 조금 더 믿을 수 있게 해 주는 그런 좋은 기회였다고 생각은 합니다. 하지만 그때 당시 내게 중요했던 건 나의 의지를 확인하는 게 아니라 꾸준함이었습니다.

몸에서는 이미 버티지 못한다고 몇 번이나 소리를 지르는데 그걸 무시하고 포기하지 않았던 끈기에 대한 결과가 피로 골절이었습니다. 그 후로 포기하는 것에 대해 관대해졌습니다. 포기할 건 포기하고 살아야 합니다. 포기하는 게 습관이 되면 안 되지만 포기를 해야 할 때를 잘 판단하는 게 우리의 몫이니까요.

물론 그런 때를 잘 알게 되려면 많은 시행착오 같은 게 있어야 합니다. 우린 그걸 성공을 위한 과정 정도로 생각하면 되겠습니다. 원래 과정은 약간의 지루함이 동반되기도 합니다. 오늘날의 내가 지루한 이유도 이런 이유인 게 틀림없습니다.

비행기 모드

그 어떤 휴대폰을 사용하더라도 기본 기능 중에는 '비행기 모드'가 있다. 원래 의도된 기능은 비행기에 탑승 시 전자기기의 통신을 차단하여 전파의 방해로 인한 잡음 없이 지상과 비행기 기장이 교신하기 좋은 환경을 만드는 것인데, 간단하게 설명해서 그냥 휴대폰을 와이파이만 사용 가능한 공기계처럼 만드는 기능이다.

아무튼 우리는 비행기를 타지 않아도 종종 비행기 모드를 설정해 두곤 한다. 그 누구의 연락도 받고 싶지 않을 때, 온전히 자신만을 위한 시간이 필요할 때 종종 비행기 모드를 설정해 두곤 한다. 물론 나만 그러는 것일 수도 있지만, 종종 누군가에게 기분 상하는 일이 있으면 온종일 비행기 모드를 해 두기도 한다. 다음 날 때쯤 되면 언제 그랬냐는 듯 머쓱해 하며 비행기 모드를 풀기도 하고.

우리의 삶에는 종종 비행기 모드가 필요하다. 휴대폰에서 이루어지는 단순한 연락에 대한 비행기 모드가 아닌 본인의 삶에 대한 비행기 모드가 필요하다. 아무도 방해할 수 없는 시간을 가질 것.

휴대폰 데이터는 무제한일 수 있지만 나는 무제한이 아니니까 어쩔 수 없이 데이터 좀 아끼자는 마음가짐으로 비행기 모드가 필요하다. 아니면 친구나 불러다 놓고 핫스팟처럼 하소연이나 하든가.

인생이 그랬듯
다 지나갈 거예요

그날의 컨디션

그날의 컨디션에 맞춰서 살아갑시다. 뭘 해도 되는 날이 있고 뭔 짓을 해도 절대 안 되는 날이 있습니다. 그럴 땐 그날의 컨디션에 맞춰서 적당히 살아갑시다.

책 한 권을 쓰기 위해서 200p 분량의 원고가 필요하다고 하면 글이 잘 써지는 날에는 하루에 20p씩 써지곤 합니다. 그렇게 10일이면 책이 1권이 완성되는 꼴입니다. 그런데 그게 말이 된다고 생각하시나요. 책 한 권을 써내는데 10일밖에 안 걸리는 사람이 있을 수는 있을까요. 그렇게 20p를 쓰고 10일 동안 한 쪽도 채우지 못한 날 투성이입니다. 매일 컨디션이 좋을 수만은 없다는 말입니다. 매일 컨디션이 좋다면 운동선수는 은퇴를 왜 하며 몸값이 높은 선수들은 왜 매일 득점을 못 하고 몸값이 높은 수비수나 골키퍼는 왜 실점을 하겠어요. 그런 사람들의 정말 대단한 것 중 하나가 본인의 상태를 누구보다 잘 알고 있다는 겁니다. 오늘이 아니라고 내일도 아닐 거라는 생각보다 오늘이 아닌 대신 내일의 나를 위한다고 해둡시다. 그러니 자기 자신의 컨디션을 잘 인지하는 게 중요합니다.

그래도 급할 때는 컨디션 같은 거 신경 쓰면 안 됩니다. 분명 모든 적당한 시간이 주어졌을 텐데 끝내지 못하는 거면 나태함 때문일 겁니다. 매일 컨디션이 안 좋았다면 할 말은 없지만 그럼 그냥 다른 일을 찾아보도록 하는 게 어떨까 싶습니다.

자, 어쨌든 나태함은 멀리하고 그날의 컨디션에 맞는 삶을 살아봅시다.

천천히
여유롭게

모처럼 날씨가 좋습니다. 지난여름 지독한 장마에 시달렸습니다. 하늘에 구멍이라도 난 게 아닌가 싶을 정도로 많은 비가 내렸고 그 비가 몇 날 며칠 끊이지 않고 계속 내렸습니다. 비가 그치고 나니 약속이라도 한 듯 태풍이 몇 차례 지나가고 또 약속이라도 한 듯 가을이 성큼 다가왔습니다. 이번 여름은 더위를 느낄 새도 없이 지나갔습니다. 여름이 아닌 장마를 보냈습니다. 장마가 지나고 몇 차례의 태풍이 지나간 후 가을이 왔습니다. 낮에는 어디 공원이라도 가서 누워있어도 될 만큼 따뜻한 햇볕이 하늘에 있고 밤에는 얇은 외투를 걸치고 걷기 좋은 날씨가 되었습니다.

지난여름처럼 눈 깜짝할 사이에 계절이 지나가지 않길 바랍니다. 여름이 짧았으니 대신 가을이라도 조금 길어졌으면 좋겠습니다. 그렇게 이번 가을을 조금 여유롭게 살고 싶습니다. 천천히 나의 것을 찾으면서요.

앞만 보고
달려가다 보면

신호등을 건널 때는 앞만 봐서는 안 된다고 배웠다. 아무리 건널 수 있는 초록 불이 되어도 좌우를 살펴 차가 오는지 확인하는 것을 배웠다. 인생을 살아가는 방법이 어쩌면 이 신호등을 건너는 것처럼 흘러가야 하는 게 아닐까. 앞만 보다간 무슨 일이 생긴 줄 모를 테니까.

언제나 그랬듯
다 지나갈 기예요

앞만 보고 달려가다 보면

내 옆에 뭐가 있었는지

무엇이 스쳐 지나갔는지

내가 놓친 게 무엇인지

나도 모르게 놓치게 되겠지

어차피 본인의 삶이니
판단은 본인이 하는 겁니다

지칠 땐 쉬어 가고 버거울 땐 내려 두면 됩니다. 포기하는 게 아니라 쉬어 가는 거고 버리는 게 아니라 잠시 내려 둘 뿐인 것들입니다. 그러는 과정 중에 얻게 되는 것들도 분명 있을 겁니다. 삶은 유동적으로 살아야 합니다. 판단은 본인이 하는 거고요.

여백과 공백

여백이 있는 삶을 살되,

공백이 있는 삶을 살지 말 것.

언제나 그랬듯
다 지나갈 거예요

적당한 열정과
적당한 냉정을

온갖 열정을 쏟아붓는다고 해서 모든 일이 잘될 리 없습니다. 온갖 열정을 쏟아부었으니 온갖 결과가 있을 겁니다. 열정이 지나치지 않게 언제나 냉정을 유지할 것. 그게 되지 않는다면 당신의 열정에 가장 크게 희생될 건 당신이 될 테니까. 열심히 쌓아 올린 공든 탑을 스스로 무너트리는 일이 없어야죠. 어떻게 쌓아 올린 건데. 쉽게 무너질 수는 있어도 스스로 무너트리는 건 상상도 하기 싫습니다.

그냥
대충 살아요

어차피 매일 열심히 살아가도 알아주는 사람 하나 없는 세상입니다. 가끔은 대충 살아가도 된다는 말입니다. 이렇게 말하면 그걸 어떻게 확신할 수 있냐고 물으시겠지만, 남들은 내가 잘한 것만 생각하지, 남이 잘한 것은 그다지 안중에도 없는 게 사람입니다. 이기적인 사람이라고 생각할 수도 있으시겠지만 다들 그럴 겁니다. 사람은 원래 이기적인 동물입니다. 다만 잘 숨기는 사람이 있을 뿐이고요.

제가 살아가는 세상은 그렇습니다. 모든 걸 제가 살아가는 세상과 비교해서 미안합니다. 하지만 전 지극히 평범한 세상을 살아가고 있습니다.

멋대로 살겠습니다
어차피 제 사정입니다

바쁘게 살기로 마음을 먹은 지 몇 시간도 지나지 않았지만, 여전히 부려서는 안 될 여유를 부리며 살고 있다. 이대로 살다간 아무것도 아닌 게 되어 버릴 것 같아서, 내가 겨우 할 수 있게 된 일도 하지 못하는 지경까지 오게 될 것 같아서, 알 수 없는 불안감에 쓸데없이 바쁘게 살아보려 했다. 머릿속으로는 이미 어떻게 살아갈지 계획 같은 것도 세웠지만 행동은 영 따라오지 못하고 있다. 나태함의 이유도 있겠으나 지금 당장 눈에 띄게 변하는 게 없다는 걸 알고 있기 때문일 것이다. 분명 불안하기도 하고 걱정도 된다. 언제까지 이런 여유나 만끽하며 살아갈 수 없다는 걸 잘 알고 있기에.

내 삶이 무엇이 잘못됐는지도 알고, 어떻게 해야 하는지도 알고 있다. 문제는 문제를 알고 있음에도 문제의 심각성을 인지하지 않으려고 하는 것에 있다. 될 대로 되어

라. 어떻게든 될 거라는 안일한 생각을 하고 있다.

여기까지 내 삶의 문제점을 알면서도 고치지 않는 것이라고 한다면, 다른 시점으로 바라본 내 삶은 할 때는 하는 사람일 수도 있고, 그래도 나름대로 잘 살아가고 있는데 너무 많은 걱정을 하느라 다른 일에 집중하지 못하는 것일 수도 있겠고, 자신을 너무 낮게 본다는 게 될 수도 있다. 분명 나름대로 잘 살아가고 있다. 스스로 나태하다고 생각은 하지만 나태해도 될 최대한의 한계 안에서 나태하게 살고 있다. 그게 아니고선 이렇게 살아갈 수는 없다.

내가 하고 싶은 말은 너무 스스로 엄격하지 않아도 된다는 것이다. 어차피 시간은 흐르고 인생은 될 대로 된다. 탄탄하게 설계된 일에도, 정밀한 계산이 된 일에도 균열이 있고 그로 인해 어떻게 될지 모르는 것이다. 어차피 아무것도 모르는 미래라면 차라리 순간만큼이라도 마음 편히 살았으면 좋겠다.

멋대로 살겠습니다

누구의 삶도 아니고

제 삶을 살아가는 것이니

어차피 제 사정입니다

애쓰지 마요

애쓰는 일을 그만두기로 했다.
어차피 무너지게 될 거
발버둥 칠 힘 아껴 뒀다가
일어설 때 쓸 수 있을까 해서.

아쉬운 대로
살아가기

당신의 삶이 남에게 평가받지 않기를 바랍니다. 한 사람의 삶을 평가할 수 있는 유일한 사람은 그 삶을 온전히 살아낸 당신뿐이니까요. 당신이 하고 싶은 대로 하고 살아도 된다는 뜻입니다. 어차피 이렇게 마음껏 살아보라고 해도 못 하는 사람이 대부분입니다. 할 수 없는 일이라면 어느 순간 막히게 될 테고 주춤거림이 있음에도 할 수 있는 일이라면 막히는 순간 당신만의 방법으로 그 순간을 이겨내게 될 겁니다.

인생이 원래 그렇지 않습니까. 되면 좋은 거고 안 되면 아쉬운 거고. 그리고 우리는 아쉬운 대로 어찌저찌 잘 살아갑니다.

내 삶은

내 삶을 평가하는 것은
내 삶을 온전히 살아온
자신밖에 할 수 없는 일입니다.
타인이 할 수 있는 일은
그저 내 삶을 응원하거나
내 삶을 무시하는 일뿐입니다.

인간이기 때문에
완벽할 수는 없습니다

무너지는 게 익숙하지 않습니다. 단지 흔들리는 상황에
서 조금 더 흔들렸을 뿐인데 흔들리기만 하던 시절과는
사뭇 다르게 아픔이 느껴지기도 합니다. 다시는 무너지
고 싶지 않습니다. 사람이기에 완벽할 수 없는 건 잘 압
니다. 그러니 흔들리는 것으로 끝냅시다.

사람이기 때문에 완벽하지는 못합니다.
신화 속에 나오는 신조차 완벽한 신은 없었습니다.

완벽하지 않아서
다행입니다

완벽한 사람이 되고 싶지만
완벽한 사람은 이 세상에 없습니다
그래서 우리가 살아갈 수 있는 겁니다
매일 노력해야 하는 완벽할 수 없는 삶 덕분에요

평가

당신의 삶은 당신으로 시작해서 당신으로 끝을 맺게 될 겁니다. 그러니 당신의 삶을 위해서 삶에 대한 확고한 믿음이나 신념을 만들어 보도록 해요. 하루에 몇 시간을 자고 몇 시간 일을 하고 몇 시에 일어나고 잠에 들게 될지 아무 생각 없이 사는 것보다는 약간의 계획과 약간의 개개인의 삶을 위한 희생이 있다면 당신의 삶은 당신이 평가해도 꽤 훌륭한 삶이 될 테니까요. 누가 뭐라 해도 어쨌든 당신의 삶입니다.

당신의 삶이 남에게 평가받지 않기를 바랍니다. 누군가의 삶을 평가할 수 있는 사람은 그 삶을 온전히 살아낸 당신뿐이니까요.

나의 삶

떳떳하지 못해서 변명이나 거짓을 말해야 할 때가 있습니다. 뭐라 할 말은 없고 그냥 제가 불쌍합니다. 왜 떳떳하지 못해서 거짓말이나 하고 살아야 하는지, 가끔 내존재 자체가 거짓이 된 것 같은 기분이 들기도 합니다. 변명은 아니지만, '저도 이렇게 되고 싶지는 않았어요.' 또 이렇게 변명하게 될 것 같습니다. 나의 삶을 살아야 한다. 누구에게 억압받는 삶이 아닌 온전히 나를 위한, 나에 의한, 내가 원하는 모든 것에 떳떳해질 수 있는 그런 삶을.

나의 삶과
남의 삶

그 사람은 그렇게 살아왔을 뿐이다. 내 인생과 비교하지 말자. 그 사람은 그 사람이고, 나는 나다. 서로 다른 인격체인 것을 인지해야 한다. 누가 어떻게 했다고 해서 나도 그럴 필요는 없다는 말이다. 누구도 나에게 그 사람처럼 되라고 강요한 적 없다. 만약 그런 강요를 들었다면 그런 강요를 한 사람의 잘못인 게 맞다. 노파심에 하는 말이라고 해도 그건 잘못된 것이다. 내가 할 수 있는 일이 있고, 할 수 없는 일이 있다. 내가 할 수 있고 없고는 남이 정하는 게 아니라 내가 판단하고 내가 정하는 것이다. 누가 정해준 대로 살아갈 거면 살아갈 이유는 없다. 살고 싶은 대로 살아가지는 못하지만 할 수 있는 게 뭔지는 스스로 판단하고 결정할 수라도 있어야 한다고 생각한다. 내 생각이 틀릴 수도 있지만, 그런 생각은 틀림과 다름의 경계에 있는, 정해지지 않은 범위의, 아직은 모르는 결론이다.

남이 어떻게 살았다고 해서
내가 그 사람이 될 것도 아니니
나의 인생을 살아야 한다.
내가 살아갈 수 있는
나를 위한 나의 삶을.

무엇을 위해서

누군가를 위하는 삶을 산다는 게 잘못된 삶의 방식은 아닐 겁니다. 분명 그런 삶에서 오는 뿌듯한 무언가를 느낄 수 있을 테니까요. 그래서 남을 위한 삶을 사는 사람들의 대부분은 남을 위한 삶을 사는 게 본인이 좋아하는 일이니까 나를 위한 삶을 살아간다고 착각하게 됩니다. 남을 위해 살아가는 삶을 삶의 일부분으로 생각하지 않고 인생의 대부분으로 채워 나가는 게 문제라는 걸 인지하지 못한 채 말이죠.

남을 위한 삶을 사느라

나를 위한 삶을 속였다.

언제나 그랬듯
나 지나갈 거예요

내 삶에
내가 없는

남을 사랑하기에 바빠

나를 사랑하지 못했다

잘못됐다고 할 수는 없으나

잘한 일이라고도 할 수 없다

자신을 사랑할 법도 모르는 사람이

다른 누군가를 사랑할 수는 있을까

2부

포기하고
얻은 삶

오늘의 포기

포기하는 게 많아진다는 건 현실을 받아들이고 있다는 뜻입니다. 현실은 우리의 꿈과 희망이 모두 이루어지는 공간이 아니거든요. 현실에 맞춰 이룰 수 있는 것들에 집중하게 되는 거죠.

포기하는 게 많아지고 있다고 좌절하지 마세요. 당신의 포기로 당신에게 더 많은 기회가 생긴 것이니까요. 누구나 다 아는 사실이지만 상기해 드리자면, 하고 싶은 것만 하고 살 수는 없습니다. 조금이라도 공감을 하고 계신다면 다들 몸소 느꼈다는 뜻일 테니 더 길게 말하지 않겠습니다. 그럼 당신이 지금 가장 먼저 해야 하는 일은 지금 눈앞에 닥친 일부터 이어 나가는 것입니다. 그게 포기가 될 수 있을 거고 한 가지의 일에 집중하는 일이 될 수도 있겠네요.

틀에 박혀
제 멋대로 살아가기

세상을 내 멋대로 살 수 있다면 그것도 그것 나름의 고충이 생기게 되겠지. 멋대로 살지 않아야지. 세상이 정해준 틀에 박혀서 내가 할 수 있는 것들이나 전부 다 이루어 내야지. 사실 그것들을 다 이루어 낼 수 있는 사람이라면 충분히 제멋대로인 세상을 살아가고 있는 것일 테니까. 무엇하나 온전히 자기의 것으로 만들어 내기도, 이루어 내기도 어려운 게 당연해진 현실이니까.

나름대로

인생이 지치고 힘들 땐 모든 말 앞에 나름대로라는 말을 붙여서 생각해 보세요. 남들이 보기엔 어떨지 모르겠지만 본인 스스로는 나름대로 열심히 살아가고 있는 거라고 생각하자고요. 남들의 시선이 뭐 그리 중요한 거라고 그렇게 신경을 쓰며 살아갑니까. 각자 다 나름대로 열심히 살아가고 있을 텐데 어차피 한 번뿐인 인생, 가끔은 온전히 자기 기준에 맞춰 인생을 살아가야 하는 게 옳은 일입니다.

앞으로 인생이 힘들고 제대로 되는 일 하나 없을 때 나름대로라는 단어를 붙여서 흔히들 말하는 정신 승리라도 하도록 합시다. 남들이 보기엔 저는 그저 노는 것만 좋아하는 백수일 수도 있지만 제 나름대로 열심히 했기에 아직까지 이런 백수 생활처럼 보이는 생활을 할 수 있는 겁니다. 물론 저보다 더 열심히 했고 열심히 하는 사람이 더 많겠지만 그들이 저처럼 할 수 없는 이유는 간단합니다. 나름대로 잘 살아가고 있다는 생각이 없어서 더 열심히 살아가기 위한 강박관념에 사로잡혀서일겁니다. 간단히 말해서 포기해야 할 건 포기하고 다음을 위한 시간을 투자하자는 말입니다.

오늘도 저는 제 나름대로 잘 살아갈 겁니다. 부러워하지 마세요. 남들 사는 것처럼 저도 똑같이 살아가고 있습니다. 물론 몇 개를 포기한 삶이긴 하지만요. 여담이지만 제가 포기한다고 손가락질하던 사람들도 있었으나 지금에 와서는 손가락질하는 사람은 단 한 명도 없습니다. 제가 많이 부러울 겁니다.

억지

억지를 부린다는 건 어떤 일에서든 안 좋게 작용할 수밖에 없다. 일할 때든, 관계를 이어갈 때든, 혼자 생각을 정리할 때든 언제든 말이다. 나의 의견이 누군가와 대립하고 있을 때 스스로 생각을 되뇌어야 할 부분 중 하나이다. 혹시 내가 주장하는 것이 억지를 부리고 있는 것은 아닌지 말이다. 모든 경우의 수를 열어 놓고 생각하면 틀린 결정은 없을 테지만 옳은 결정은 분명 존재한다. 틀리지는 않았다. 다만 다를 뿐이었다. 라고 생각할 수 있다. 물론 억지를 부렸던 어떤 일이 잘못되었을 때는 다른 게 아니라 틀린 게 되어 버리겠지만, 대부분 이런 결정을 해야 할 때 많은 사람의 의견을 따르는 게 좋은 결과를 가져오곤 한다. 여럿 중에 단 한 명의 의견이라고 해도 무시할 수는 없는 일이지만, 무시당하지 않기 위해선 그것을 뒷받침 할 수 있는 확실한 근거가 있어야 한다. 여럿 중에 단 하나의 의견이니 그들을 모두 매료시킬 만한 확

실한 근거여야 할 것이다. 억지를 부리는 본인이 틀리지
않았음을 증명하고 싶었거나, 지금 여기서 포기를 하게
되는 순간 잃는 것들이 무섭기 때문일 것이다. 이기적인
생각인 거지.

포기하는 순간

잃게 될 것들을 생각하면

포기하지 못하고

억지로 계속 이어 가게 되지

억지로 붙잡고 있는 동안

지쳐 가는 건 생각도 하지 않고

현실

난 내가 마음만 먹으면
무엇이든 해낼 줄 알았지.
마음먹기가 어려워서
못 이루고 있는 줄만 알았지.
똑바로 마주한 현실은
생각보다 더 벅차기만 했고.

성공을 원한다면

많은 유명한 명언들 중에 실패를 두려워하면 성공은 당연히 없을 수밖에 없다는 의미를 가진 말이 많은 이유는 간단하다. 성공하기 위해선 도전을 해야 하고 계속된 도전을 위해선 성공의 끝이라든가 실패, 혹은 포기 같은 것들이 있어야 한다.

우리가 실패를 두려워하는 이유는 그동안의 과정들이나 노력이 물거품이 되어 버려서 아무것도 아닌 게 되어 버릴 것 같기 때문이다. 실패를 두려워하는 사람이 어떤 도전을 할 수 있겠는가. 정말 유명한 말 중에 실패는 성공의 어머니라든가 성공은 실패를 앞세우고 온다는 말이 있는 것도 그럴 만한 이유가 있어서겠지.

성공하기 위해선

도전을 해야 하고

새로운 도전을 위해선

실패하는 법도 알아야 한다

무너지게 된 덕분에
일어날 수 있다는 걸 알았지

종종 힘든 시간을 겪을 때도 있지만 지금처럼 살아가는 게 그리 나쁘지는 않습니다. 안정적이지 못하고 불안정한 삶을 살고 있지만 나름대로 행복을 느끼며 살고 있습니다.

이 정도면 됐습니다. 뭘 더 바라는 건 욕심일 뿐입니다. 하루하루가 행복할 수 없지만, 행복이 없는 삶은 아니고, 안정적이지 못하지만 하루하루가 불안정한 삶은 또 아닙니다. 이보다 더 좋을 수는 없습니다. 긍정적으로 생각하겠습니다. 긍정의 힘을 믿습니다. 오히려 잘 됐다며 위안 삼는 일도 종종 하겠습니다. 내가 잘 살아가길 응원해주는 사람들에게 보답이라도 해야겠습니다. 대단한 보답은 아니지만 그들의 바라는 대로 정말 잘 살아가는 모습을 보이는 게 최고의 보답일 겁니다. 몇 번이든 무너져도 괜찮습니다. 무너지는 것뿐이지 다시 일어서지 못하는 건 아니지 않습니까.

이거면 충분합니다. 몇 번이든 무너지고 버티고 해내 보겠습니다. 무너지면 어떻습니까. 한두 번 무너지는 것도 아니고 무너져 본 덕분에 다시 일어날 수 있다는 걸 알게 됐지 않습니까. 한 번이 쉽지 두 번이 어렵냐는 말이 이럴 때 쓰는 거지, 특별한 경우에 쓰는 건 아니지 않습니까. 이 정도면 정말 뭐든 해낼 수 있을 겁니다. 내가 무너뜨리는 사람이 될 수 없는 이상 많이 무너져 봐야 합니다. 그래야 내가 원하는 사람이 될 수 있습니다.

언제나 그랬듯
다 지나갈 거예요

실패와 성공
포기와 도전

그 누구도 내게 포기하는 방법을 알려준 적 없다. 제대로 가르쳐 주는 곳 하나 없으니 과감하게 포기할 수 있는 용기만 있다면 그게 정답인 셈이다. 실패가 성공의 밑거름인 것처럼 포기는 도전의 전제이므로.

근자감

남이 하면 나도 할 수 있다는 건 어디서 나온 근거 없는 자신감인지는 모르겠다. 아마 질투에서 나온 것 같다. 원래 근거 없고 무식할 때 제일 대범한 행동을 할 수 있다.

고민이 너무 많으면 살아가기 너무 피곤하다는 걸 요즘 많이 느끼고 있다. 그래서 지킬 수 있는 다짐을 하나 하자면 난 계속 근거도 없고 무식하게 하고 싶은 걸 도전하면서 살겠다. 혹시 모르는 마음에 도전도 하고 크게 실패도 하고 포기하게 되더라도 괜찮다. 또 무언가 도전하고 실패하고 포기하기를 반복하다가 결국은 뭐라도 하나 될 것이다. 여태 난 그렇게 살아왔다.

정말 근거가 없는 자신감이지만 이렇게 뭐라도 하지 않으면 내 삶이 너무 피폐한 삶이 될 거라는 걸 누구보다 잘 안다. 아무것도 하지 않으면 아무것도 될 수 없다.

미완

완벽하지 못한 사람이기에
다행이라는 생각이 듭니다.
더 나은 사람이 될 수도 있고
덜된 것들에 만족도 할 수 있으니.

누군가에게 읽히는 삶을
살아가고 있습니다

가끔 취미가 뭐냐는 질문을 들을 때가 있습니다. 예전에는 글을 쓰는 게 취미라고 했습니다. 취미로 글을 쓰다 보니 운이 좋게 책을 낼 수 있게 되었다고 했습니다. 하지만 이제는 조금 다릅니다. 취미라고 하기에는 너무 많은 시간이 지났고 제 삶 곳곳에 자리를 잡았기 때문이라고 하겠습니다. 이제는 글을 쓰며 삶을 살아가고 있습니다. 취미로 시작했던 게 직업이 되어 버린 거죠.

좋아서 시작한 취미가 일이 되는 순간부터는 취미로 했을 때와는 사뭇 다른 무게로 다가오게 됩니다. 내 손끝에서 무엇이 탄생하게 되냐에 따라 뒤바뀌는 것들이 너무 많아지게 됩니다. 좋아하는 음식을 먹으며 살아갈 수 있고 없고의 차이. 좋아하는 옷을 입을 수 있냐 없냐의 차이. 좋아하는 곳을 마음 편히 갈 수 있고 없고의 차이. 하고 싶은 것들을 그때그때 할 수 있고 없고의 차이.

이토록 극과 극의 차이가 나게 됩니다.

좋아하는 것들을 누리며 살아가기 위해서는 내가 좋아서 시작한 이 일에 꾸준함과 발전이 있어야 할 겁니다. 이 글을 읽고 있는 분 중에 누군가에게 읽히는 삶을 살아가고 싶은 사람이 있다면 기회가 있을 때 취미는 취미로 남겨두길 권해드립니다.

요즘 제 취미는 요리입니다. 뭐든 뚝딱 잘 만들어 냅니다. 기회가 된다면 맛있는 밥 한 끼 대접하고 싶습니다.

견디지 못한다면

하고 싶은 일만 하고 살아갈 수는 있겠지. 살아가는 동안 그 일이 계속해서 하고 싶은 일이 될 거라는 보장만 없을 뿐이고. 누구나 시작은 취미나 즐거움에 사로잡혀 시작하게 될 수 있는 거고, 그렇게 된 시작이 무너지더라도 견디고 이겨내야 하는 일이라는 사실을 인지하지 못했을 뿐이다.

여기서 이 무게를 견디는 사람이 하고 싶은 일을 하며 살아가는 사람이 되는 거고 그렇지 못한 사람은 다시 예전의 일상으로 돌아가게 되는 것뿐. 크게 달라지는 건 없다.

부와 명예

타인에게 부러움을 사는 삶을 살고 싶지는 않습니다. 조금씩 나이가 많아지고 개인의 능력이 빛을 보는 사람, 혹은 운이 좋아서 남들에게 부러움을 사게 되는 지인이 종종 있는데, 그럴 때마다 약속이라도 한 듯 시기와 질투에 사로잡혀 말도 안 되는 소리로 그들의 뒷이야기를 하며 흉을 보는 사람이 생겨납니다. 부와 명예를 얻는 일로 시기와 질투에 사로잡힌 사람들의 가십거리가 되고 싶지는 않습니다. 차라리 그냥 평범하게 살겠습니다. 잘못이 있다면 벌을 받는 게 마땅한 일이지만, 없는 잘못을 만들어 내거나 사소한 실수가 엄청나게 과장되어 퍼지게 되는 일이 너무 빈번합니다. 부와 명예를 얻지 않고 평범하게 살고 싶습니다. 부와 명예를 얻는 순간 평범함을 포기해야만 할 것 같습니다.

남 잘되는 거 못 보는 세상이 너무 혐오스럽습니다.

나태

누구나 노력은 할 수 있고
누구든 성공도 할 수 있지.
누가 됐든 할 수 있지만
누구나 할 수 없는 건
그만한 이유가 있는 거고.

언제나 그랬듯
다 지나갈 거예요

성공한 삶
도전하는 삶

대체로 성공한 사람들에겐 적이 많다. 그 이유는 당연히 그들의 성공을 아니꼽게 보는 사람이 생겨나기 때문이다. 타인의 성공엔 반드시 무슨 엄청난 비리가 숨어 있거나 엄청난 천운을 타고났을 것이라며 자기가 이루지 못한 것들에 대한 시기와 질투를 하는 것이다. 앞에서는 박수를 치거나 엄지를 치켜세우겠지만 내면은 그렇지 않은 경우가 많다. 성공한 사람의 삶이라는 게 이런 것이다. 언제 다시 아래로 추락하게 될지 노심초사하며 살아가야 되고, 이루어 낸 것들을 잃지 않으려 매일을 나름대로의 노력을 멈출 수 없는 삶일 수도 있고, 새로운 도전도 쉽게 할 수 없는 삶을 살고 있다. 짧게 설명하자면 마음 편히 기댈 곳이 없는 사람이 되어 버린다는 것이다. 의심이 많아지고 조심해야 하는 게 더 많아지고 지켜야 하는 것들이 더 늘어나는 게 성공한 사람의 삶이다. 과연 무엇이 더 좋은 삶일까. 아니다, 질문을 바꿔서 생의 마지막 순간에 과연 무엇이 성공한 삶이라 느낄까.

빡빡한 세상
나라도 대충 살아야지

밥 한 끼를 밖에서 해결하는 데에도 생각보다 많은 돈이 필요합니다. 살아 숨 쉬는 동안 공기를 제외한 모든 것에 돈이 필요한 세상입니다. 이런 세상이 마음에는 듭니다. 노력해서 얻은 것들로 원하는 것을 얻을 수 있는 공평한 세상이요. 하지만 노력해서 얻는 과정에서 노력이 있다고 꼭 결과가 좋으리라는 보장은 없지만요. 그렇기 때문에 더 많은 노력을 투자해서, 돈을 쓸 여유도 없을 만큼의 시간을 투자해서 돈을 벌어다 씁니다.

저는 조금 다릅니다. 물론 많은 프리랜서들이 저와 비슷할 수도 있겠습니다만 저는 꽤 대충 삽니다. 한 달에 소득이 없을 땐 0원일 때도 있고 어떤 땐 평균적으로 받을 수 있는 아르바이트생의 월급이 될 수도 있고 중소기업, 혹은 대기업의 월급만큼 받을 수도 있고 그들의 고용주인 사장의 월급만큼 받을 수 있는 날이 있었습니다.

많은 사람이 궁금해합니다. 그럼 어떻게 살아가고 있는 거냐고, 집이 금수저냐는 질문도 가끔 받습니다. 19살, 성인이 채 되기도 전부터 용돈이라는 것을 거의 받지 않았습니다. 그렇게 7년을 살아왔습니다. 집이 잘사는 것도 아닐뿐더러 누군가의 관점에서 잘사는 게 될 수 있다고 한들 집에서 받은 건 서울로 자취를 시작했을 때 집으로부터 필요한 것 사서 쓰라는 말과 함께 준 돈이 전부였습니다. 그런데도 전 잘 살아갑니다.

갖고 싶은 거 하나 안 사고 필요한 곳에 잘 쓰면서 잘 살아가고 있습니다. 언젠간 내가 갖고 싶어 하던 것이 내게 꼭 필요한 것이 되길 바라면서요. 2020년 기준으로 최저 시급이 8,590원입니다. 아르바이트 기준으로 이 이상으로 주는 곳은 잘 없다는 말입니다. 오히려 이하로 주려는 잘못된 곳이 더 많을 겁니다. 각설하고, 아무튼 그렇게 한 시간을 일하면 겨우 밥 한 끼 먹을 수 있는 시대에 살아가고 있습니다. 그런데 그런 세상이라면 밥을 왜 저 돈을 주고 먹나요. 집에서 만들어 먹든가 그럴 능력이 부족하면 편의점에 가서 라면에 삼각김밥 하나 먹으면 되는 거 아닌가요. 저는 이렇게 대충 살아가고 있어서 가능한 겁니다. 능력이 안 되는데 무엇을 위해 무리해 가며 살아가는 겁니까. 그걸 자기만족이라고 한다면, 저랑은 조금 다른 세상을 살아가고 계신 것 같습니다.

사실 뭐든지 대충하면서 잘 하는 게 정말 잘 하는 거니까 저는 잘 살아가고 있는 겁니다. 어떻게 보면 제 자랑이 될 수도 있겠지만 자랑할 게 이거 하나 밖에 없으니까 그러려니 하고 넘어가주세요.

그렇게 해도
살아갈 수만 있다면

분명 삶에는 노력이 필요하다

노력 없이는 결과도 없는 법이고

아무것도 바라는 게 없다면

노력하지 않고 살아도 되겠지

그렇게 해도 살아갈 수만 있다면

모르겠다
그냥 될 대로 되겠지

나는 쉽게 무너지지는 않는 사람이라고 당당하게 말할 수 있다. 아예 무너지지 않는 건 아니지만, 한번 무너지면 쉽게 일어서고는 했다. 쉽게 무너지지 않는 이유는 많은 것을 필요로 하지 않는 성격이 한몫을 했을 것이다. 아마 딱 필요한 만큼만 가지려 하고, 쉽게 포기할 수 있는 것들을 내 것으로 가지고 있었던 덕분일 것이다.

그런 것 중에서 절대 포기할 수 없는 몇 가지가 있는데 그중 하나를 포기하게 되는 상황이 올 것만 같은 두려움과 불안함에 무너졌다. 쉽게 이겨낼 수 없는 것이라 무너지지 않았어야 했지만, 무너지게 된 이상 머릿속으로 상상하고 있던 두려움과 불안감을 조금이라도 늦출 수 있다면, 그러다 혹시 만에 하나라도 극복할 수 있는 상황이 생길 수도 있지 않겠냐는 근거 따위는 중요하지 않은 착각이나 하며 살기로 했다. 이미 만신창이가 될 만큼 무너졌으니, 이걸 그대로 품으며 일어날 자신은 없으니 그냥 지금 당장 할 수 있는 일이나 하자며 일어서는 일을 포기해 버렸다. 포기라고 표현하는 게 맞는 것인지 잘은 모르겠으나, 일어나지도 않은 허구의 상상만으로 며칠을 허비하고 싶지 않았다. 그래서 그 쓸모없는 두려움과 불안함을 포기해 버렸다.

내 눈앞에 닥치게 되면 그때 가서 생각하자. 이럴 시간에 그냥 몇 글자라도 더 읽고 써야겠다. 맛있는 밥이라도 더 먹고, 좋아하는 사람들이나 더 만나야겠다. 내 세상이 무너졌다고 내가 있는 타인의 세상까지 무너진 것은 아닐 테니, 잠시 타인의 세상에 숨어 살기로 하자. 잘 모르지만 난 나름대로 잘 하고 있는 게 분명하다.

목표

목표를 향해 아무리 노력한다고 해도 목표를 이루지 못할 수도 있습니다. 그렇다고 해서 좌절할 일은 아닙니다. 세상엔 목표조차 찾지 못한 사람이 생각보다 많이 있습니다. 오히려 목표를 찾을 수 있었음에 감사해야겠습니다.

완벽

내가 아무리 완벽한 사람이 된다고 해도 고민이나 노력 없이 살아갈 수는 없을 것이다. 완벽을 경험해 본 적이 없어서 잘 모르겠지만 내가 완벽한 사람이 된다는 건 불가능한 일이다. 그래서 단 한 번도 완벽한 인간이 되기를 바란 적이 없다. 솔직히 지금의 나 정도면 충분하다고 생각한다. 욕심이 없는 건 아니지만 이런 부분에서는 욕심을 버려야 내가 덜 피곤한 인생을 살 수 있다.

어쩌다 가끔 완벽에 가까운 날이 선물처럼 찾아올 수는 있겠지만 하루하루가 그런 날이라면 종종 찾아오는 완벽에 가까운 날이 없어진다는 말이 될 테니, 노력하고 싶지도 않게 될 것 같다. 허탈한 인생을 살게 될 것 같다는 말이다. 사실 이 부분은 한 번도 경험해 본 적 없기 때문에 확신할 수는 없다.

그러니 난 스스로 완벽하기를 거부한다는 거만한 말이나 해야겠다. 완벽하지 않기에 혹시 모를 기대 아닌 기대감에 살아갈 수 있다. 그것만으로도 충분하다.

무엇 하나 완벽한 게 없는 게 사람이지만
가끔 찾아오는 완벽에 가까운 하루가
나를 조금 더 나은 사람이 되게 만들지.

저마다의 완벽한 날이 있고
그날만을 기다리며 살아도 될 만큼
우리의 삶에 큰 영향을 끼치는 그런 날.

언제나 그랬듯
다 지나갈 거예요

낮아지기

스스로를 낮출 줄 알아야 한다

스스로를 낮춘다고 해서

낮춰지는 건 없다

오히려 높아지는 것만 있을 뿐

완벽한 사람은
없습니다

세상에 완벽한 사람은 없습니다. 아무리 완벽해 보이는 사람도 남모르게 부족한 부분이 반드시 존재합니다. 이번 제 삶은 부족한 게 많았으면 좋겠습니다. 부족한 게 많아서 채워 나갈 일밖에 없게요. 내가 원하는 것들로 가득 채워 나갈 수 있을 테니까요.

부족한 게 많은 삶이지만
부족한 걸 채워 가는 것도
삶의 일부분일 뿐입니다.
채워 나갈 수 없을 만큼
가득 찬 삶을 사는 것보단
원하는 걸 채워 나가는 삶을 살아요.

무작정

무작정 살아온 것 같지만 이 또한 나름대로의 노력이었고 나름대로 행복한 시간이었다. 하지만 다시 돌아가고 싶지 않을 거고 무엇이든 생각하기 나름이다. 나의 삶이니 내가 그렇다고 마음을 굳히는 순간부터는 정말로 그런 게 되어 버리는 것이다.

이 모양
이 꼴

모든 일이 생각했던 것처럼 진행된다면 이 세상에 불행하다고 느끼는 사람은 없을 것이다. 사람이 불행해지는 가장 큰 이유는 어떤 일에서 실패를 겪고 그 실패에서 오는 허탈함으로부터 시작된다. 또 실패의 원인을 자신의 무능함이라고 단정 짓기도 한다. 실패는 단순히 성공을 위한 과정일 뿐이다. 사실 이렇게 생각할 수 있는 사람이 그리 많지는 않다. 하지만 어떡하겠는가. 우리가 살아온 세상이 이렇고 앞으로 살아가야 하는 세상이 이 모양 이 꼴인 것을.

그러니 생각만큼이라도 자유롭게 하자는 거다. 생각처럼 되는 세상은 없다는 건 잘 알지만 생각만큼이라도 자유롭지 못한 세상이라면 삶의 의욕이 꽤 많이 사라질 것 같으니까. 왜, 누구나 나름 그런 경험 하나쯤은 있을 것 아닌가. 지금 당장 나에게 100억이라는 돈이 생긴다면 무엇부터 하고 누구에게 얼마를 주고 어디를 가고 남은 돈으로 무엇을 하며 지낼지 이런 말도 안 되는 상상을 잠시라도 하는 것만으로도 꽤 많은 위안이 된다. 여기서 과몰입을 하면 허탈감이 오겠지만 괜찮다. 가끔 허탈하기도 해야 현실을 받아들이는 일에 도움이 되기도 한다.

생각처럼 되는 건 없고,

생각만큼 자유로운 건 없다.

생각처럼

생각처럼 되는 일은 생각보다 없다
그러니 세상을 원망하지는 말자
생각처럼 되지 않는 게 단지 세상일 뿐

아닌 건
아닌 것

이왕 이렇게 된 거, 차라리 잘된 일이라 생각하는 편이 좋겠습니다. 계속 생각하고 있어 봐야 속이 쓰린 건 나밖에 없고, 불쌍해지는 건 나밖에 없을 테니까. 그냥 차라리 잘된 일이라고 생각하고 그걸로 끝내야겠습니다. 끝난 일이라며 다시 생각할 필요도 없는 일이라 생각해야겠습니다.

혹시 다음에 어떤 기회로 비슷한 경험을 하게 된다면 그땐 더 잘할 수도 있을 겁니다. 하지만 웬만하면 비슷한 일이라면 그냥 나와 적성이 맞지 않는 일이라 생각하는 편이 좋을 것 같습니다.

아닌 건 아닌 거니까요.

생각하기 나름인 세상

온통 부정적인 하루가 되더라도
차라리 잘된 일이라 생각해 보자.
언젠가는 겪어야 할 일이라고.
앞으로는 같은 일이 반복되지 않게
더 조심할 수 있는 하루를 보낸 거라고.
생각하기 나름인 하루를 살아보자.

언제나 그랬듯
다 지나갈 거예요

긍정과 착각

모든 인생은 긍정적으로 흘러갈 수 있습니다. 다만 모든 상황이 긍정적이지 못할 뿐입니다. 좋게 생각하면 모든 걸 좋게 생각할 수 있지만 부정적인 시선으로 바라보면 모든 걸 부정적으로 생각할 수 있는 것과 똑같은 겁니다. 인생은 생각하기 나름입니다. 그 생각이 곧 인생을 살아가는 방법이 되기도 하고요. 제가 그렇게 살아가고 있습니다. 제가 살아가는 방식이 무조건 옳다는 건 아니지만, 따라 하셔도 좋다는 말입니다. 결과가 어떻든 제가 책임은 못 지지만 어떤 결과가 오든 좋은 게 좋은 거라는 생각은 변한 적 없으니 꽤 괜찮은 인생인 것 같습니다.

이걸 좋게 말하면 긍정의 힘이겠고 나쁘게 말하면 착각의 힘이 될 수도 있겠네요.

반신반의

좋은 게 좋은 거라고 생각합시다. 때로는 낙천적으로 살아가기도 해야 그래도 나름대로 살아갈 수 있을 겁니다. 내가 할 수 있는 가장 최선의 반항 같은 겁니다. 사춘기라고 할 수 있을 테니까, 이 시기가 지나면 또 다른 세상이 나를 기다리고 있을 거라고 반신반의하며 살아가기도 합시다.

언제나 그랬듯
다 지나갈 거예요

당연한 것은
생각하기 나름인 것을

당연한 것들.

더울 때는 에어컨을 틀고, 추울 때는 히터를 틀고, 배가
고플 땐 배를 채우고, 졸릴 때는 잠을 자고, 힘이 들 땐
쉬어 가는 것.

하기 싫을 땐 잠시라도 멈출 필요가 있고, 하기 싫은 것
을 강요받을 땐 옳고 그름을 판단할 필요가 있고, 하고
싶은 일이 있을 땐 그 일을 막아서는 무언가가 있다고
해도 노력해야 할 필요가 있다.

생각하기 나름으로 뭐든지 당연해질 수 있다.

언제나 그랬듯
다 지나갈 거예요

3부

혼자일 수 없되,
혼자일 수밖에 없는

우리의 평범한 이야기로는
큰 위로가 되지 않을 겁니다

살아가면서 누구나 몇 번의 실패를 겪게 될 테고 일생에서 단 한 번의 성공을 겪게 될 수도 있다. 어쩌면 단 한 번도 성공하지 못한 채 살아가게 될 수도 있다. 성공 기준은 나만이라도 만족한다면 성공한 것이라고 할 수 있겠지만 세상이 참 별로인 게 내가 만족한다고 해서 이루어지는 건 극히 일부라는 것이다. 기껏 해 봐야 성공을 했다는 만족감과 얼마 가지 않는 안도감 정도가 전부일 것이다.

세상은 엄청난 성공을 한 사람들의 이야기만을 담아내고 있다. 본인만의 만족만으로는 누군가의 귀를 즐겁게 하거나 누군가에게 궁금증을 끌어낼 수 없다. 우리의 이야기가 누군가에게 힘이 될 수 없는 이유가 바로 여기에 있다. 보통의 사람들은 나와 같은 처지에 처한 사람들의 이야기를 듣고 그 사람이 그 일을 극복한 과정을 듣고 힘을 얻곤 하는데 우리의 평범한 이야기 정도로는 힘이 되는 조언을 하기는 어렵기 때문이다. 자고로 누군가에게 위로해 줄 때에는 그냥 듣고만 있어 주는 게 제일이다. 위로가 필요한 사람에게 위로란 그저 그 사람의 이야기를 들어줄 사람일 테니까.

세상을 긍정적으로 바라보되

내가 겪은 세상이 아니라면 의심부터 할 것

나만의 세상

아이러니하게도 나만 힘든 것 같은 기분을 떨쳐낼 수가 없습니다. 나만 힘든 게 아니라 나보다 더 힘든 사람도 널려 있다는 걸 알고 있음에도 이 세상에서 내가 가장 힘들고 나만 불행한 것 같은 말도 안 되는 심리에 빠져 있기도 합니다. 사실 이런 힘듦 쯤이야 아무것도 아닌 건데 말이죠. 배부른 소리나 하고 있는 것일지도 모르겠습니다. 아무리 타인을 위하는 사람이어도 각자의 세상이 있는 법. 그 세상에는 본인 혼자만의 세상이니 혼자만 있는 세상인 겁니다.

그러니 그 세상에서 힘들 수 있는 건 나밖에 없는 게 당연한 거고요. 말도 안 되는 논리지만 그냥 이렇게라도 믿고 살아야겠습니다. 신을 믿고 살아가는 것보다 이게 더 마음이 편할 것 같습니다. 힘들 때마다 신이나 찾는 삶은 지겹습니다. 말도 안 되는 상상의 세계나 만들어서 망상에 빠져 스스로를 위로해야겠습니다.

내 세상에선 나만 힘듭니다.
내 세상은 나 혼자만 있는 세상을 뜻합니다.
그래서 모두가 힘든 겁니다.

문장이 가진 힘

어떤 문장이든 어떤 단어든 그것들만의 힘이 있고 그 힘을 믿긴 합니다만, 이 세상엔 근거도 없이 힘을 주는 문장이 너무 많습니다. 힘이 되는 문장 몇 개만으로 대책 없이 이루어진 결심 같은 것이 생겨날 수 있다는 말입니다.

물론 힘이 필요한 사람이 어딘가에서 힘을 얻는다는 건 좋은 일입니다만, 그것을 온전히 받아들이고 그것으로 이루어진 결심이 이루어지지 않았을 때는 다시 일어설 수 없을 만큼 꽤 큰 상실감이 찾아오게 될 수도 있습니다. 다시 말하지만 전 문장의 힘을 믿습니다. 그렇기 때문에 문장의 힘이 가져다줄 수 있는 상실감을 잊지 말았으면 하는 바람이 있습니다.

무언가에 자신이 기댈 수 있는 곳을 만든다는 건 꽤 괜찮은 능력입니다. 하지만 너무 의존하지는 않았으면 좋겠습니다. 어차피 당신의 삶에서 가장 좋고 가장 공감할 수 있는 문장은 하루를 끝마치고 쓰는 당신의 이야기를 담은 일기 한 줄일 테니까요.

상처 주기

말 한마디로 할 수 있는 가장 쉬운 일은
남에게 상처를 주는 일이겠지.

아무렇지 않게 내뱉은 말에
아무도 치유할 수 없는 상처를 주는.

설명

세상 어떤 일이든 이유가 없는 일은 없습니다. 누군가가 어떤 일에 대한 이유를 묻는다면 당신이 해야 할 설명은 이유가 아니라 과정입니다. 사람은 과정을 이해하게 되는 순간 이유는 자연스레 공감할 수 있는 동물이니까요.

그래도 이해를 못 해주는 사람이라면 별다른 말은 하지 않겠습니다. 제가 무슨 말을 하고 싶은지 잘 아실 거라 믿습니다. 설명이 필요 없는 문제라 생각합니다.

어른 아이

시간이 흐른다고 해서 전부 다 추억이 되는 것만은 아니기 때문에, 추억이 되지 못하는 나의 추억들이 종종 있다. 추억이 되지 못한 것들은 아마 지금쯤 과거에서 추억이라는 이름으로 불리기 위해서 나쁜 기억을 지워 내려하고 있을 것이다. 언젠간 그 기억들 모두 추억이 될 때가 오겠지. 그러면 나는 조금 더 어른이 되어 있을 테고.

어서 빨리 내게 추억이라는 이름으로 불렸으면 하는 과거들이 꽤나 있습니다. 어서 나쁜 기억이 모두 지워지고 종종 떠올릴 수 있는 추억이 되길 바랍니다.

오래된 물건

보통 오래된 것들은 오래된 만큼 자주 사용하지 않게 되거나, 사용하지 않은 상태로 어디 창고나 서랍 속에 방치되어 있는 경우가 많다. 쓸모가 없어진 것임에도 불구하고 쉽게 버릴 수 없는 데에는 그만큼의 추억이 있기 때문일 것이다. 예를 들면 오래된 옷에는 그 옷의 계절에 맞는 어떤 추억이 있을 수도 있고, 오래된 책을 다시 펼쳤을 때 그 책을 한참 읽고 지냈던 때의 감정 같은 게 존재한다. 오래된 물건에는 오래된 추억이 있고 그 추억은 가끔 나를 돌아보게 만들어 주기도 한다. 오래된 물건에 깃든 추억은 지금의 나를 만들어 주었고, 미래의 나까지 조금 더 나은 사람이 되도록 하는 힘을 가졌다. 오늘은 예전에 사용하던 휴대폰이나 다시 켜 봐야겠다. 아마 들추기 싫은 과거도 많이 있을 테지만 이제는 웃으며 넘길 수도 있지 않을까.

언제나 그랬듯
다 지나간 거예요

피치 못할
그런 사정

누구에게나 어쩔 수 없는

사정이라는 게 있는 법이다

그렇게 될 수밖에 없었던

피치 못할 사정 같은 게 말이지

누구에게도 말할 수가 없어서

그냥 그렇게 되어 버리는 것들이

책 한 권에
담긴 이야기

서점에 들러 읽고 싶었던 책을 샀다. 운이 좋게도 그 서점에 마지막으로 남은 책이었고, 이미 출간된 지 꽤 오래된 책이라 다른 서점을 둘러봐도 없거나 한두 권밖에 없는 책이었다. 마지막 남은 한 권이라 그런지 책을 펼친 흔적과 새것 같지 않은 헌것의 느낌도 있었다. 이럴 거면 중고 서점에 가서 책을 사도 될 뻔했을 만큼 낡은 책이었다. 그래서 서점 직원분도 책이 너무 낡았다며 그래도 구매를 하시겠냐고 재차 질문하셨다.

나는 예쁘고 보기 좋은 책을 구매한 게 아니라, 내가 읽고 싶은 그 사람의 이야기나 추억을 산 것이다. 책이라는 게 그렇다. 어떤 소설이든 산문집이든 시집이든 모든 책에는 어쩔 수 없이 들어가는 본인의 추억 같은 게 있다. 그게 그 책을 쓴 사람이 살아오는 과정이기 때문에 어쩔 수 없는 습관 같은 것이다. 내 일은 아니지만 내가 겪었을 것 같은 그런 일이라도 들어가게 되어있다. 나는 누군가의 추억을 고작 만 원이 조금 넘는 가격에 샀다. 내가 평생을 살아도 겪을 수 없는 일이나, 누군가의 여행담을 고작 만 원 남짓한 가격에 엿들을 수 있는 것이다. 모든 글 어느 한 부분에는 진심이라는 게 담겨있다.

누군가에게 읽히는 삶을 산다는 건 역시 매력적인 일이다. 오래 이 일을 하며 살고 싶다. 이 일이 앞으로 내가 들려주고 싶은 이야기가 얼마나 생기게 할지 기대하게 된다.

미래를 걱정할 시간에
과거에 잠시 다녀오겠습니다

지푸라기라도 잡는 심정으로 스쳐 지나간 과거를 붙잡는 일을 종종 했다. 과거에 연연해서 과거에 묶여 있는 멍청한 짓을 종종 했다는 뜻이다. 물론 이 멍청한 짓은 세월이 얼마나 지나더라도 고쳐지지 않을 것 같다. 시간이 지날수록 더 많은 과거가 생길 테고 그러다 보면 자연스레 떠올릴 과거가 많이 생기게 될 테니까.

가끔은 이렇게 멍청하고 미련한 짓이라도 하면서 시간을 보내는 것도 좋은 일이라 생각한다. 지난 일을 모두 기억에서 지운 것처럼 오로지 앞만 보고 살아갈 수 있다면 모르겠지만 아무튼 사람이라면 그렇게 할 수는 없다. 지난 일을 회상하기도 하고 그리워하기도 하고 후회하기도 반성도 하는 과정을 거쳐 성장하게 되는 게 사람인 것이다. 그게 설령 찰나의 순간을 스쳐 지나간 아주 짧은 시간이라고 해도.

오늘은 어떤 일을 떠올리며 그리움에 빠져 볼까, 아니면 후회에 빠져 볼까. 어떤 사랑을 떠올리려고 하니 그다지 유쾌한 시간은 아닐 것 같아서 살아온 날들에 대한 반성이나 후회, 그리움에 빠져 봐야겠다. 내가 어떻게 살아왔고, 그래서 왜 어떻게 됐는지 그런 뫼비우스의 띠 같은 끝없는 이야기나 해야겠다. 앞으로 어떻게 하면 될지 모르는 세상 걱정은 잠시 내려두고 싶다. 미래를 설계하는 것보다 그날의 즐거움 덕에 그리워지는 과거 이야기가 더 행복하니까.

돌아가고 싶은 순간

돌아가고 싶은 순간도
매 순간이 행복하다면
결국은 사라지게 되겠지.
매 순간이 행복하지 않으니
돌아가고 싶은 순간이 있는 거고.

성격이나
습관 때문에

지난날을 후회하기도 하고 반성도 하고 있습니다. 이런 성격을 탓하기도 하고 습관을 탓하기도 하면서요. 쉽게 바뀔 것 같지는 않지만 스스로 고쳐나가지 않는다면 평생 후회나 반성이나 하고 살게 될 거 같으니, 이제는 조금 바꿔야 할 때가 된 것 같습니다. 더 후회하지 않으려면 스스로 고쳐나가야죠. 나의 소중한 사람이, 나의 사소한 습관과 성격 때문에 곤란해지는 상황이 생길 수도 있을 테니까요.

잠깐은 혼자 살아갈 수 있겠지만 온전히 혼자 살아갈 수 있는 세상은 아닙니다. 그리고 스스로 후회를 하게 되는 성격이나 습관은 내 인생에서 그다지 필요한 것들도 아닙니다. 버려야 하는 게 맞습니다.

있을 때 잘하세요

솔직히 말도 안 되는 걸 상상하는 게 얼마나 재밌는 일인지 아실 겁니다. 그래서 이번엔 말도 안 되는 걸 상상해 보기로 합시다. 로또 1등에 당첨이 되어 일확천금의 기회를 얻는 상상을 해보면 어떨까요. 왜 사람들은 종종 그런 행복한 상상을 하곤 하잖아요. 1등에 당첨이 되면 뭘 할 거고 누구한테 이 정도는 해줄 수 있을 것 같고 남은 돈은 어쩌고 하면서 상상만으로도 즐거운 시간을 보내게 됩니다. 대부분 사람들의 말도 안 되는 상상 중 '로또 1등'을 자주 상상하곤 합니다.

그렇다면 이번엔 정말 소중하지만 소중한 것도 잘 모르고 당연하게 느껴지는 사람에 대해 상상을 해 보도록 합시다. 로또 1등과는 기준이 좀 다르긴 하겠지만 이미 우리의 곁에는 돈으로도 살 수 없는 관계가 한둘씩은 있을 겁니다. 이미 많은 걸 가졌기 때문에 이번엔 반대로 내 곁에 있는 이 사람들이 내 곁에서 떠나게 되는 상상을 해봅시다. 이건 생각보다 말도 안 되는 상상은 아닐 겁니다. 꽤 끔찍한 상상이긴 하지만 가능성이 없는 이야기는 아니니까요. 사람 일은 모르는 거잖아요. 말도 안 되는 로또 1등도 일주일에 몇 명씩 되는데 인간관계가 끝나는 것 정도는 충분히 일어날 수 있는 일이니까요.

자, 그럼 생각해 보세요. 지금 당신이 아끼는 사람이 어떠한 이유가 되었든 당신의 곁을 떠나게 되어 이제는 남이 된다면 어떨까요. 두 번 다시 돌아오지 않을 사람이 된다면 어떨까요. 저는 잘 모르겠습니다. 분명 그런 관계가 있었던 것 같은데 시간이 많이 지나서 하는 이야기지만 그렇게 많이 슬프지 않았습니다. 내가 아껴준 만큼 상대방은 저를 아껴주지 않았거나, 언젠간 그럴 것 같은 사람들이 전부였거든요. 그래도 지금은 제가 사랑하는 사람들이 제 곁을 떠나가게 된다면 많이 힘들 것 같습니다. 어쩌면 세상이 무너지기도 할 수 있을 것 같네요.

솔직히 옛말 중에 틀린 말은 많지만 있을 때 잘 하라는 말은 들리시 않은 섯 같습니다. 있을 때 잘 하세요. 저도 잘 해야겠습니다. 로또는 기적 같은 확률이라도 있지만,

언제나 그랬듯
다 지나갈 거예요

관계가 한번 틀어지는 순간 로또의 기적 같은 확률조차 없으니까요. 만약 기적보다 더 기적 같이 다시 관계가 회복된다면 축하드립니다.

관계
끝

관계를 유지하고 이어가는 일에서
혼자서 할 수 있는 건 하나도 없다.
아무리 노력하고 믿고 기다려도
이미 마음이 떠난 사람과의 관계는
어쩔 수 없이 끝을 맺어야겠지.

어쩔 수 없이
잘될 거라고 했다

아무 근거도 없이 잘될 거라는 말을 좋아하지 않는다. 누군가 내게 그런 말을 하면 한 귀로 듣고 한 귀로 흘려버리면 되겠지만 특히 내가 누군가에게 내뱉게 되는 잘될 거라는 말을 싫어한다. 내가 당장 위로가 필요한 사람에게 필요한 말을 해주고자 잘될 거라는 말을 내뱉는 것일 뿐이지만, 실제로 잘될 확률이라는 게 그리 높지는 않다.

물론 그 위로가 담긴 말을 대부분의 사람은 그저 지금 듣고 싶은 말인 위로 정도로밖에 듣지 않는다는 것은 잘 안다. 내가 잘될 거라는 말을 했다고 정말로 잘될 거라고 굳게 믿는 사람은 없을 테니까. 그래도 잘될 거라는 응원의 말을 내뱉고 나면 뭔가 모르게 꺼림칙한 느낌이 든다. 그래서 무작정 응원의 말로 내뱉는 잘될 거라는 말을 좋아하지 않는다.

하지만 오늘 어쩔 수 없이 잘될 거라는 말을 내뱉었다. 어쩔 수 없었다. 내게 있어 꽤 소중한 사람이었고 내가 줄 수 있는 도움이라고 해 봐야 그저 멀리서 바라봐 주는 것밖에 없었다. 내가 가진 능력으로는 도울 수 있는 일이 하나도 없었던 내 탓이라도 해야 했다. 인간관계라는 게 언제까지 이어질지는 아무도 모르는 일이지만 최소한 내 곁에서 떠나기 전까지 내 사람이라고 생각이 드는 사람이기 때문이다. 그런 사람에게 시련이 찾아온 것이다. 내가 할 수 있는 것이라곤 다 잘될 거라는 말밖에 없었다. 내가 싫었다.

언제나 그랬듯
다 지나갈 거예요

다 잘될 겁니다

근거는 없습니다

그러길 바랄 뿐이죠

어떤 아픔에 대해
솔직해지기

부디 더이상의 고통 없이 당신의 아픔이 아물기를 바랍니다.

종종 나에게 아픔을 토해 내는 사람에게 속으로 되뇌는 소심한 기도 같은 것이다. 고통을 받는 순간에는 당연히 아픔이 있었을 테니 그 아픔이 아무는 동안에는 부디 아프지 않기를 바라는 마음에서 하는 기도다. 가끔은 나에게도 이런 말이 필요하다는 것을 잘 알지만, 정작 내가 고통을 받을 때는 이런 말을 생각해 내지 못한다. 계속 아프려고만 하는 사람인 것처럼 행동하기도 하고, 아프니까 청춘이라는 말도 안 되는 착각에 빠져 있기도 하다.

난 특별한 사람이 아니다. 상처를 받으면 아프고 그 상처를 단숨에 치료할 능력도 없는 평범한 사람이다. 혼자 이겨 낼 수 있는 아픔이 있고, 함께 이겨 내야만 하는 고통이 있는 법이다. 난 그런 것들을 잘 해내지 못한다. 누군가에게 내 고통을 덜어 주는 일이 될 것 같기도 하고, 온전히 내가 해결하지 못하면 아무 의미 없다는 생각에 지배되기도 한다. 나의 아픔을 치유하고자 남에게 아픔을 주어서는 안 되는 일이니까 말이다.

사실 내 고통을 덜어줄 수 있을 만큼의 사람이라면 내가 아파하고 있는 모습만으로도 그 사람에게 고통을 주는 일이 될 수도 있다.

며칠 전 심적으로 꽤 많이 힘든 일이 있었는데 아무에게도 티를 내지 않고 혼자 이겨낸 후에 든 생각이다. 왜냐하면 내가 그렇게 힘들어하는 모습을 내 사람들이 본다면 어떤 위로의 말도 건네지도 못한다는 사실에 힘들어할 게 뻔하기 때문이다. 그러니 아픔을 혼자서 이겨 내려거든 아무한테도 아무런 티를 내지도 않고 혼자 이겨 내야 한다. 불쌍한 척 따위나 하겠다고 아픔을 함부로 공유하지 않아야 한다. 고통을 나누고 위로를 받으려거든 숨기는 것 하나 없이 아픔에 대해 모든 걸 털어놓을 용기가 있거나 어떤 말을 듣더라도 위로가 되지 않을 수 있다는 것에 상심하지 않아야 한다.

난 그럴 자신은 없으니 아무에게도 아무런 티를 내지 않고 스스로 이겨내겠다. 시간이 조금 많이 걸릴 수도 있겠지만 사람은 누구나 가끔 그런 날이 있는 것이니, 지난 후에 이런 일이 있었다고 사실대로 말하면 될 일이 아닌가.

규칙

가끔은 스스로 정한 규칙이나 선을 어겨야 할 때가 있습니다. 저를 예로 들자면 무조건 잘될 거라는, 의미만 좋고 근거 없는 말을 내뱉지 않기로 스스로 정했지만, 가끔 잘될 거라는 말이나 내뱉을 수밖에 없는 사람을 만날 때가 있습니다. 내가 겪어본 적도 없는 일이라 힘이 되는 무언가를 해줘야 할 때 잘될 거라는 근거 없는 말로 위로를 하곤 해야 합니다. 잘못된 일은 아니지만 그런 말을 하는 순간에도 괜히 미안한 마음이 듭니다. 잘 안 될 수도 있는데, 잘 안 될 확률이 더 높은데, 나의 이 말 한마디가 그 사람에게 다시 큰 희망을 갖게 해서 더 큰 상처를 주게 되는 게 아닐까 싶을 때도 있습니다. 하지만 그런 말밖에 할 수 없을 땐 저도 어쩔 수 없습니다.

다 잘될 겁니다
미안합니다.

언제나 그랬듯
다 지나갈 거예요

이유

이유가 없다고 말하는 건

이유를 말하기 싫다는 뜻이지

이유를 말하기 싫다는 건

그만한 이유가 있다는 뜻이고

힘

힘내자.
이게 내가 할 수 있는 유일한 말이다.

너도, 나도
모두에게 우리에게 필요하지만
자주 듣지 못하는 그런 말.

힘내자, 우리.

사진 인화기

요즘 새로운 취미가 생겼습니다. 최근에 사진 인화기를 하나 장만해서 사진을 인화하는 소소한 재미에 빠져 있습니다. 물론 예쁜 풍경을 인화하기도 하지만 집에 온 손님들과 함께 사진을 찍어 모아두는 취미가 생겼습니다. 처음에는 새로 산 기계가 신기해서 자랑하고 싶어서 뽑았던 사진들이 모이고 모여 여러 추억이 담긴 하나의 문화 같은 게 되었습니다.

다음 계획은 1년 후 내 생일이 되면 사진을 함께 찍은 모든 사람을 초대해 다 같이 있는 사진을 한 장 찍으며 생일 파티라도 즐기는 겁니다. 새로 생긴 취미가 꽤 마음에 듭니다. 종종 다시는 보지 않을 사람이 생길 수도 있을 테지만 그것도 그것 나름대로 추억이 될 것 같습니다. 미래에 어떤 관계가 되었든 저 추억을 꺼내어 볼 때면 추억의 프레임 속에 가두어 좋게만 볼 수 있을 것 같습니다.

많이 소중합니다.

사실 사람들이 우리 집에 모이는 이유는 대부분 홈 파티를 하기 위함입니다. 그래서 이 추억은 더 소중하고요. 파티하면 역시 술이 빠질 수가 없는 것 아니겠습니까. 술이 들어갔으니 온갖 이상한 표정도 섞여 있고 이미 취할 때로 취한 사람들도 섞여 있고 술이라도 마셨으니 할 수 있는 이야기도 있습니다. 이 추억에는 그런 솔직한 것들이 있습니다.

함께
오래

바닥까지 떨어지고 온전하게 남은 것도 없이 온통 망가지기도 했지만 그럼에도 불구하고 내가 버틸 수밖에 없는 이유는 당신들의 덕분이라는 것. 여기서 말하는 당신들의 대상은 종종 바뀌기도 한다. 나에게만 좋은 사람일 수도 있지만, 그런 좋은 사람들의 영향으로 나의 하루를, 나의 내일을 버틸 수밖에 없게 된다. 오래오래 함께하고 싶은 사람들이 많다.

오래오래 함께하지 못해도 괜찮다. 지금 내 곁에 있어 주는 것만으로도 많은 힘이 되어 주고 있다. 그것만으로도 충분하다. 언젠가 그들의 내 곁을 떠나게 된다고 할지언정 난 아쉬운 마음을 숨기고 보내줄 수밖에 없다. 그들에게 받은 마음들이 너무 커서 감히 붙잡을 수도 없을 만큼.

사진

세상이 힘들고 지칠 땐 좋은 추억이나 꺼내 봅시다. 아무리 힘들어도 좋았던 추억이 담긴 흔적을 볼 때면 실없이 웃을 수 있는 단순한 게 사람입니다. 힘든 덕에 내가 가진 추억이 얼마나 소중한 것인지 알게 됐다고 생각하고 홀홀 털어 버립시다.

어떤 순간은
너무 행복했기에

어떤 순간은 너무 행복했던 기억밖에 없어서 그 순간에 누가 존재했었는지 크게 중요하지 않았다. 이제는 나와 더는 왕래가 없고 연락조차 하지 않는 사이가 된 누군가가 나의 행복했던 추억에 있다고 한들 아무 상관이 없다는 뜻이다. 추억은 추억일 때 아름다운 법, 추억 속에 있던 그 순간의 사람까지 현재의 감정을 이입하기는 싫다. 살다 보면 몇 년을 친하게 지내던 누군가와도 하루아침에 인연이 끊길 수도 있고 어제 만난 누군가가 내 삶의 평생의 귀인이 될 수도 있다는 걸 잘 알기 때문이다.

그러니 소중한 추억이 있다면 소중한 추억에 누구와 함께했는지 의미를 부여하기보단 소중한 추억이었다는 것으로도 행복한 줄 알아야 한다. 그런 추억은 만들어 보자고 해서 쉽게 만들어지는 것도 아닐뿐더러 지금의 내가 있게 해준 나의 일부분이니까. 그러니 그 추억 속 누군가를 부정하는 일은 나를 부정하는 일이 될 수도 있겠다.

어떤 순간은 너무 행복했기에 지금의 나를 만든 원동력이 되기도 했다. 설령 그 추억을 만들었던 대상이 나의 삶에 이제는 없을 누군가라고 해도, 그 순간을 생각할 때만큼은 종종 그리워하기도 할 것이다.

좋은 것들

지금 보내고 있는 시간이
좋은 시간인 것 같다면,
지금 당신 곁에 있는 사람들이
좋은 사람이라는 뜻입니다.

나는 잘 지낸다며
또 거짓말을 하겠지

어떤 이유에서인지 오랫동안 연락조차 잘 하지 않게 된 사람들에게 안부를 전하는 일을 하고 싶어졌다. 괜한 오지랖이 될 수도 있지만 아픈 곳 없이 안 좋은 일 없이 온전히 잘 지내고 있었으면 좋겠다는 마음이 들었다. 뜬금없이 잘 지내냐는 연락을 받는 대부분 사람은 잘 지내지 않더라도 잘 지낸다는 거짓말을 내뱉게 된다. 어쩔 수 없는 일이다. 뜬금없이 연락 온 사람에게 치부를 드러내고 싶지는 않을 테니까.

오늘 들은 잘 지내고 있다는 말 대부분은 거짓말이었을 것이다. 내게 오늘 잘 지낸다는 뻔한 거짓말을 한 모든 사람이 정말 잘 지내게 되는 날이 왔으면 좋겠다. 종종 의미 없는 말을 꺼내서라도 내 주변 사람들에게 연락해야겠다. 의미 없는 말일지라도 꽤 큰 의미가 생기게 될 것이다. 모쪼록 아무도 아프지 않았으면 좋겠다.

나 역시 누군가 내게 이러한 안부를 묻는다면 잘 지낸다고 거짓을 말할 것이다. 사실 완벽한 거짓은 아니다. 종종 잘 지내는 날도 있다. 마음속에 있던 걱정 같은 것들은 생각나지 않을 만큼 행복한 시간을 잠시라도 보내는 날이 종종 있으니까, 그 시간 덕에 종종 잘 지내고 있으니까. 완벽한 거짓말은 아니겠지만, 나는 잘 지낸다며 또 거짓말을 하겠지. 그리고 거짓말인 것을 알고 속아주는 사람도 분명 존재할 테고.

외로움에
익숙해지지 말 것

분명한 건 지금 난 외롭다는 거다. 나의 마음속 어느 한 공간이 텅텅 비어 있는 기분을 느끼고 있는 게 분명하다. 이걸 외로움이라고 정의하자. 그럼 이 세상에 외롭지 않은 사람이 얼마나 있을까. 아마 대부분의 사람은 외로운 상태로 살아가고 있을 것이다. 그리고 대부분의 사람들은 자기가 외로운지도 모르거나 외로워도 외로움에 대한 내성 같은 게 생긴 탓에 외로움에 대한 생각을 안 하게 되었을 것이다.

외로움에 익숙해진다는 게 얼마나 슬픈 일이냐면 나의 개인적인 의견으로는 사람은 절대 혼자서 살아갈 수 없는 생명체인데 그런 것을 다 무시한 채 혼자서 살아가고 있는 것이다. 그러니까 한 마디로 설명해서 제대로 살아가고 있는 게 아니라는 말이다. 열심히는 살아가고 있지만 제대로 된 삶을 살아가는 게 아니란 뜻이다. 밑 빠진 독에 물 붓기나 하고 있다는 말이다. 아마 난 오늘보다 내일 더 외로울 테지만 그걸 외로움에 익숙해지고 있어서 괜찮다는 착각이나 하고 있을지 모른다. 착각할 수는 있지만 착각이 정말 무서운 건 내가 병들고 아파하고 썩어 가는 것에도 무감각해진다는 것이다. 가끔 느껴지는 통증에는 자고 일어나면 괜찮을 거라며 위안 삼는 일이나 반복하기도 하면서 말이지. 익숙한 것이기에 조금은 더 신경을 써야 하는 것일지도 모르겠다. 아직은 조금 어렵다.

언제나 그랬듯
다 지나갈 거예요

사소한 것의 힘

사람들은 식상한 말의 힘에 대해 알면서도 모른 척하고 살아갑니다. 식상한 말 한마디만으로도 엄청난 영향을 끼칠 수 있다는 건 조금만 생각해 봐도 누구나 공감할 수 있을 겁니다. 오랫동안 연락이 없던 누군가에게 잘 지내냐는 말 한마디의 힘을, 정말 사과가 필요한 타이밍에 미안하다는 진심을 담은 사과 한마디의 힘을, 보고 싶은 누군가에게 보고 싶다는 말을 할 수 있는 그 식상한 말들의 힘을 조금만 생각해 보면 누구나 공감할 수 있을 거라는 말입니다. 작은 용기 하나만 있으면 보고 싶을 때 보게 될 수도 있는 엄청난 일이 일어날 수 있는 겁니다. 사소한 말일수록 우리의 입 밖으로 나오기 힘든 법이고 사소한 만큼 정말 사소한 용기만 있어도 할 수 있습니다. 사소한 것의 힘을 믿어 봐요. 그 사소하고 식상한 몇 마디가 우리의 삶을 조금이나마 덜 외롭게 해줄 테니까요.

어차피 세상은 혼자 살아가야 하는 거지만 그래도 내 곁에 있는 사람들을 무시하고 생각하지 않고는 살아갈 수는 없는 일입니다. 곁에 있어 주는 사람들 덕분에 살아갈 수 있는 날도 분명 있고요. 혼자 남겨진 것 같을 때 누군가 내 곁을 지켜 주는 사람은 사소한 말 한마디에서 결정이 되곤 합니다.

소중한 것

시간이 흐르는 동안
많은 게 바뀌겠지만,
그럼에도 불구하고
같은 시간을 공유하며
함께 살아가는 사람만큼
소중한 건 없지.

그것만큼 쉽게 소홀해지는 것도 없고.

그러면 안 되지만.

마음이 건강한 사람

온갖 부정적인 생각에 빠질 때가 있지만, 실컷 울고 푹 자고 일어나면 언제 그랬냐는 듯 아무렇지 않아진다. 그 래서 온갖 부정적인 생각을 가질 때에는 누구와 함께 있 기보단 혼자 있게 된다. 옆에 누가 있으면 마음 편히 울 고 무너질 수 없기 때문이다. 가끔은 이런 혼자만의 시 간이 필요하다. 바닥까지 추락하고 무너지는 시간이 말 이다.

내가 생각하는 마음이 건강한 사람이라는 건 슬플 땐 슬플 줄 알고, 감정에 솔직할 줄 아는 사람. 턱, 하고 막 힌 것 같을 때 스스로 그 막막하고 답답한 감정을 폭발 시켜 건강하게 뚫어버릴 줄 아는 그런 사람을 말하는 것 이다.

그래야 한다. 다른 누군가가 해줄 수 있는 일이 아니기 때문에 스스로 해야만 하는 것이다.

마음이 건강한 사람이 되어야지. 이것만큼은 나를 위해서도, 나의 사람들을 위해서도 꼭 지켜야지.

쓸쓸함

문득 혼자인 게 익숙해졌다는 느낌이 들었다

슬프지는 않다 조금 쓸쓸하기만 할 뿐

그러기 위해서
살아가는 겁니다

많은 게 바뀌어도 내 곁에 있는 사람은 쉽게 바뀌지 않습니다. 물론 쉽게 바뀔 수 있는 것도 아니고, 쉽게 생각해도 안 되고요. 다른 건 몰라도 내 곁에 있는 사람들에게는 최선을 다하는 삶을 살고 싶습니다. 많은 것들을 포기하게 되겠지만, 그 포기 중에 내 곁에 있는 사람을 포기하는 일은 없도록 최선을 다하겠다는 말입니다. 말처럼 쉬운 게 아니라는 건 잘 알지만, 내가 살아가는 이유 중 큰 비중을 차지하는 일인지라 쉽게 포기할 수 없습니다.

내 삶이 어떻게 변하더라도
내 곁에 있는 당신들의 존재는
변함없이 함께하게 될 겁니다.
어쩔 수 없습니다
그러기 위해 살아가는 거니까요.

이게 다 여러분 덕분입니다

사람을 만나는 게 인생을 살아가면서 얼마나 큰 활력이 되는지 느끼는 요즘입니다. 물론 혼자서 할 수 있는 일이야 무궁무진하지만 여럿이서 할 수 있는 일은 그것보다 더 무궁무진합니다. 혼자서 할 수 없는 상상을 머리를 맞대어 의논을 하다 보면 신박한 무언가를 생각할 수 있고, 그중 추진력이라도 좋은 누군가가 있다면 바로 실행까지 할 수 있는 거니까요.

혼자가 나쁘다는 건 아닙니다. 다만 혼자서 모든 것을 할 수 있는 세상은 아니니 혼자서 모든 것을 감당하지 않으시길 바랄 뿐입니다. 저는 요즘 많은 사람들을 만나기보다는 오래 알고 지내던 사람들과 더 가까워지고 있습니다. 덕분에 내가 혼자서는 절대 할 수 없었던 일들도 할 수 있게 되었고 그 일이 제 인생의 새로운 활력소처럼 작용했습니다. 무기력했던 시간이 덕분에 조금 바꿰게 되었습니다. 요즘 많은 것들을 내려놓고 혼자가 아닌 여럿이서 무언가를 하려고 하다 보니 '덕분에'라는 말을 자주 쓰는 것 같습니다. 덕분에 제가 살아갑니다.

덕분에 힘이 많이 됩니다. 가끔은 덕분에 힘이 들기도 하지만요. 서로 힘이 되어 주기도 하고 힘이 들게 만들기도 하지만, 이런 관계들 덕분에 열심히 살아갈 수 있는 것 같습니다. 감사합니다.

나에게 두 번은 없을 소중한 사람들.

모순덩어리

아무리 대단한 사람이어도 혼자서 모든 것을 헤쳐 나갈 수는 없다. 오히려 대단한 위치의 사람일수록 혼자서 할 수 있는 일에는 제한이 많아진다. 더군다나 우리가 혼자 살아갈 수 없는 건 이미 기정화 된 사실이다. 그렇다고 해서 꼭 모든 걸 같이 이겨내며 살아가야 할 필요는 없다. 혼자서 모든 것을 감당하고 이겨낼 수 있을지언정 온전히 혼자로 살아갈 수는 없다. 이유는 모르겠지만 그렇게 되먹은 게 사람이다.

되게 모순인 것이다. 혼자서 살 수는 없지만 혼자 살고 싶으면 혼자 살아도 된다. 하지만 혼자 산다고 해서 철저하게 온전히 혼자가 되지는 못 하는 게 사람이다. 이게 무슨 말 같지도 않은 말인가.

어쩔 수 없다. 우리의 삶이 모순덩어리인 것을 어떡하란

말인가. 그래서 어느 정도의 모순은 그러려니 하고 넘어
가게 된 것일지도 모른다. 완벽할 필요 없다. 완벽해질수
록 더 모순이 많아지게 될 테니까.

4부

다아가는
일

잘될 거라는 말

누군가에게 잘될 거라는 말을 수도 없이 내뱉고 누군가로부터 잘될 거라는 위로를 수도 없이 듣고 살고 있습니다. 하지만 세상을 살아가는 일은 말하는 대로 흘러가지도 말처럼 쉽지도 않습니다. 내가 누군가에게 뱉은 잘될 거라는 희망이 가득 찬 말 덕분에 누군가의 삶이 좋은 쪽으로 변하게 될 수도 있지만 내가 멋대로 준 한 줄기의 희망이 그 사람을 더 큰 구렁텅이에 빠트리는 일이 될 수도 있습니다.

그러니 잘될 거라는 말보다는 어떻게든 될 거라는 말이 더 좋을 수도 있겠습니다. 잘 안 되게 되더라도 분명 어떻게든 될 테니까요. 분명 우리의 삶은 어떤 상황에서든 어떻게든 되어 지금에 이르게 된 것일 테니까요. 자, 그럼 이제 우리가 해야 할 일은 하나밖에 없습니다. 잘 자고 일어나서 내일 하루를 살아가는 것.

뭐든지 하면 할수록 늘어납니다. 걱정이라고 해서 다른 건 하나 없고요. 당연히 걱정이 늘어나는 것보다 나에게 좋은 영향을 끼치는 무언가가 늘어나는 게 좋을 테니, 걱정은 나중에 하는 것으로 합시다.

간절함은
무기가 아닙니다

간절함은 무기가 아닙니다. 그저 동기부여를 할 수 있는 좋은 감정이라고 생각하시면 됩니다. 간절하게 바란다고 해서 모든 게 말처럼 쉽게 이루어지진 않습니다. 간절함은 단지 무엇을 이루기 위한 첫 단추 같은 것이라 생각하시면 될 것 같습니다. 첫 단추에 모든 단추를 채울 수 없는 건 당연한 것처럼 첫 단추에 모든 게 이루어진다는 건 말도 안 되는 이야기라는 건 말하지 않아도 잘 알 겁니다. 혹시 단추가 하나만 달랑 있는 그런 경우가 있을 수도 있는데, 우리 인생이 단추 하나만 채운다고 해서 되는 건 아니지 않습니까. 하나하나 처음부터 차근차근 채워 나가도록 합시다.

단추가 있는 옷을 입을 때 첫 단추를 잘못 채우면 다시 처음부터 채우기 위해 그동안 채워왔던 단추를 다 풀어 내야 하기 때문에 옛말에 첫 단추가 가장 중요하다는 말이 생겼다는 건 모두 다 잘 아는 사실일 겁니다. 옛말을 그다지 좋아하지도 신뢰하지도 않습니다. 그래도 첫 단추를 잘 채워 나가야 한다는 건 틀린 것 하나 없이 맞는 말입니다. 보통 옛말이 지금까지 살아남은 것은 정말 맞는 말이기 때문일 겁니다. 예를 들어 '첫술에 배부르랴'라는 속담이 있는데, 그런데 솔직히 이건 사람마다 한술의 크기도 다르고 정말 배가 부를 수도 있는 거니까 조금 애매하네요. 그냥 첫 단추 잘 채우시길 바랍니다.

상상만으로도

지금부터 상상만 해도 즐거운 일을 적어둘 겁니다. 일단 첫 번째로 포괄적으로 여행이라고 써 두겠습니다. 여행을 떠난다는 건 상상만으로도 설레는 일이고 누구나 여행은 언제나 가고 싶은 거니까요. 누구와 함께하는 여행이 아니라 혼자 떠나게 되는 여행이라도 여행은 역시 생각만 해도 즐거운 일입니다. 물론 가끔은 혼자 떠나는 여행이 더 소중한 시간을 안겨 주기도 합니다.

첫 번째가 여행이었으니 두 번째는 집에만 있는 걸로 합시다. 집에서 좋아하는 영화도 보고 좋아하는 음식도 배달 시켜 먹고 좋아하는 사람들을 불러서 홈 파티도 하는 그런 상상을 해보도록 합시다. 술에 취하더라도 집이니까 그대로 씻지 않고 자 버려도 됩니다. 다들 술에 진탕 취하는 날이면 가끔은 씻지도 않고 잠에 들곤 하잖아요. 자고 일어나서 후회할 건 그때 가서 생각하자고요.

놀 땐 놀아야 한다는 게 제 신념 같은 겁니다. 놀 수 있을 때만큼은 아무 걱정 없이 그 순간에 최선을 다해야 다음 순간을 살아갈 수 있는 힘을 얻기 때문입니다. 그럼 세 번째는 무슨 상상을 해볼까요. 로또 1등이라는 상상은 너무 식상하니까 안 하겠습니다.

아무리 더 생각하려고 해도 더 없는 거 같아요. 제 즐거움은 이게 전부인 것 같네요. 여행을 떠나거나 집에서 좋아하는 것들을 하며 시간을 보내는 것. 다른 거추장스러운 건 필요 없는 것 같아요. 행복 뭐 별거 있나요. 이런 상상을 하며 살아갈 수 있는 게 행복이지. 그러다 가끔 상상이 현실이 되는 게 축복인 거고요.

자 이제 상상을 했으니 뭐든 해봅시다. 일부러 실현 가능성 없는 상상은 안 했으니까 뭐라도 할 수 있겠죠. 저에게도 축복이 내릴 겁니다.

일어나지도 않은
세상에 없는 일

모든 일에 대비하는 건 좋지만

일어나지도 않은 일에

많은 시간을 쏟지는 말아요.

중요한 건 대비하는 게 아니라

나에게 처한 상황을 처리하는 겁니다.

오늘

이 세상에 오늘이 아니면 할 수 없는 일은 없지만 오늘
이 그 일을 하기 가장 좋을 때일 수는 있습니다.

언제나 그랬듯
다 지나갈 거에요

사소한 일은
사소하게 넘기길

사소한 일에 큰 의미를 두는 일을 부디 멈춰 주시길 바랄게요. 사소한 일은 말 그대로 사소한 일이었을 뿐입니다. 우리의 망상처럼 그렇게 대단한 의미가 있는 일은 아닙니다. 세상 모든 일에 이유나 의미가 없는 일은 없습니다. 하지만 사소한 일인 만큼 사소한 이유나 의미가 담겨 있다고 생각해주시면 될 것 같아요. 이게 이렇게 말처럼 쉬우면 상처받을 사람은 하나도 없겠지만, 정말 그만큼의 사소한 이유나 의미가 담긴 일인 걸 어떡하겠어요.

그래도 그게 잘 안 된다면 이렇게 하는 건 어떨까요. 아무것도 아닌 사소한 일에 엄청난 큰 의미를 두는 거죠. 그렇게 혼자 상처받게 되어 상대방에게도 상처를 주고 서로에게 상처만 남게 되는 그런 일이 일어난다고 생각해 보세요. 이 지경까지 왔으면서 이건 사소한 일이 아니었던 거라고 하신다면 할 말은 없습니다. 사소한 일에 큰 의미를 두는 사람이 그러려니 하거나 웃으며 넘기는 게 힘들다는 건 잘 압니다. 하지만 이 일에서 받는 상처는 본인에게 가장 크게 다가올 거라는 사실을 잊어서는 안 됩니다. 그러기는 싫을 테니 약간의 노력이라도 했으면 하는 마음입니다.

사람마다 받아들이는 게 다르기 때문에 대부분의 사람에게 사소한 일들이 사소하게 받아들이기 힘들 수 있다는 건 잘 압니다. 그래서 더 상처를 잘 받고 살아왔을 거라는 것도 감히 예상을 해봅니다. 성격이라는 건 절대적인 게 아닙니다. 노력하면 충분히 바뀔 수 있는 겁니다. 세상에 상처받을 일이 얼마나 많은데 이런 사소한 것에 상처받는 당신이 너무 안타까울 뿐입니다. 조금은 덜 상처받는 날이 오길 바랍니다.

언제나 그랬듯
다 지나갈 거예요

언제든

언제나 그랬듯 무슨 일이 생겨도 잘 지나가게 될 것이다.
그러니 언제 무슨 일이 일어나게 되더라도 애쓰지 마라.
애쓰지 않아도 결국 잘된 일로 끝날 것이다.

누구나 힘든 시기는 있고
누구나 편한 시기가 있다.

언제 찾아올지 모르는
힘듦에 무너지지 않을 것.
언제 찾아올지 모르는
행복에 겁먹지 말 것.

무모한 도전

가끔은 인생의 재미를 위해서 무모한 도전을 해보는 것을 권한다. 인생에 재미마저 빠진다면 무슨 부귀영화를 누리겠다고 이토록 버텨가며 살아간단 말인가. 물론 사람마다 가치관이 달라서 재미가 아닌 다른 곳에서 삶의 이유를 찾을 수도 있지만 그래도 조금 무모한 도전으로 재미있는 삶을 살아보는 걸 추천한다. 누구에게는 무모할 수 있는 일이 또 다른 누군가에게는 일상인 일인 세상이니까. 본인에게만 무모한 일이지 누군가는 그렇게 살아가고 있는 만큼 불가능한 일은 아니라는 말이니까. 갑자기 뜬금없이 생각난 건데 무모한 도전은 좋지만 술 앞에서는 무모한 사람이 되지 말자. 어제 왜 그랬지. 기억이 다 나니까 그것도 그것 나름대로 또 문제네.

의심과 반복
끝은 포기

스스로를 의심하는 일을 그만두고 싶습니다. 의심이 반복되는 일에는 머지않아 확신이 들기 시작할 테고 그 확신은 곧 포기를 의미하게 된다는 걸 너무 잘 알고 있습니다. 물론 포기하는 건 할 수 있습니다. 하지만 스스로에게 생긴 불신으로 하는 포기만큼은 하고 싶지 않습니다. 스스로를 의심하는 행동을 그만하기 위해선 어떤 사람이 되어야 하는지 너무 잘 알고 있지만 그게 머리에서 생각하는 것처럼 쉽게 행동으로 이어지지는 않습니다.

이게 다 제가 못난 탓입니다. 그래서 세상을 탓하거나 타인을 탓할 수는 없습니다. 정말 이제는 정신을 차려야 한다는 말이 되겠네요. 정신을 차린다고 해서 모든 게 다 좋아지지는 않겠지만 그렇지 않으면 내가 할 수 있는 것이라고는 언제 올지 모르는 기회니 엿보며 인생을 낭비하는 게 되어 버릴 겁니다. 기회나 엿보며 생을 낭비할 바에는 스스로에게 변화를 줘야겠습니다. 오늘부터 당장 바뀔 수는 없어도 노력이라도 해야겠습니다. 그렇지 않으면 내가 너무 불쌍한 삶을 살아가게 될 것 같습니다.

의심하고 싶지 않은 일이

계속해서 반복된다면

의심에 확신이 생기는 거고

확신은 곧 포기를 의미하게 되겠지.

언제나 그랬듯
다 지나갈 거예요.

과감

가끔은 과감할 필요가 있고

매일이 과감할 필요는 없다

오늘도 저는
나태하겠습니다

오늘도 몇 번이나 되는 다짐을 하며 살았고, 그 다짐은 신기할 만큼 지켜지지 않았다. 의지의 부족인지 나태해진 삶의 영향인지 뭐가 뭔지는 모르겠으나, 아무튼 요즘의 난 입만 살아있는 삶을 살고 있다. 실제로 지금도 마음만 먹으면 언제든 뭐든 다 할 수 있지만 아직은 때가 아니라며 말도 안 되는 정신 승리나 하고 말로는 뭐든지 다 할 수 있을 것처럼 이야기한다. 이런 삶을 언제까지 이어갈 수 있을지는 모르겠다. 이어가서는 안 되는 삶인 것은 분명하지만 나를 바꿀 수 있는 방아쇠 같은 게 필요한 시기인 것 같다.

과연 내 삶은
세상을 탓해도 될 만큼
열심히 살았던 적이 있을까.
단 며칠을 열심히 살았으면서
최선을 다했지만 잘되지 않았다며
세상을 탓하고 있는 것은 아닐까.

이렇게라도
버텨내야 하는 세상이

제발, 부탁하는데 달콤한 근거 없는 위로에 모든 것을 걸고 살아가지 마라. 부탁이다. 힘을 낼 수 있는 원동력 정도로만 받아 주기를 바란다.

다 잘될 거라는 식의 말을 내뱉어야만 하는 이 세상이 너무 싫다. 이런 말을 내뱉어야지만 힘이라도 내고 그나마 버티며 살아갈 수 있는 이 세상이.

할 수 있다
해야만 한다

할 수 있다고 마음을 먹어야 할 상황이 온다면 그건 할
수 있는 마음을 먹어야 할 상황이 아니라 해내야만 하는
상황이라 하는 게 맞다. 할 수 있어서 하는 게 아니라 해
야 하기 때문에 라는 이유가 있는 것이다. 할 수 있는지
는 중요하지 않다. 반드시 해내야만 할 뿐.

그런데 이런 반드시 해내야만 할 상황이 올 정도라면 차
라리 그동안 나태했던 나에게 당연하게 돌아와야 할 벌
을 받는 것이라고 생각하는 편이 편하다. 아니면 이런 게
당연한 세상에 살아가고 있는 세상이나 탓하면서 아무
도 다독여주지 않는 허공에 하소연이나 하면 된다.

언제나 그랬듯
다 지나갈 거예요

어떻게든
흐르는 시간

하고 싶은 것만 하면서 살아갈 수는 없습니다. 하기 싫은 일이라도 해야 할 때가 있고 하고 싶은 일이라도 하면 안 될 때가 있습니다. 누구나 다 아는 사실입니다. 그래서 이 이론이 잘 지켜지지 않을 때가 많습니다. 모두가 다 아는 사실이니 잘 지켜지지 않는 것입니다. 안 되는 것을 하는 게 용기라고 불리는 세상이고 할 수 있는 일을 하지 않는 건 여유가 있는 사람이라고 보는 세상이 되어 버렸습니다. 용기는 이럴 때 필요한 게 아닙니다. 여유는 찾아오는 게 아니라 찾아가야 하는 겁니다. 여유가 찾아올 땐 여유를 만끽할 게 아니라 여유로부터의 유혹을 뿌리치고 더 나아갈 수 있는 사람이 되어야 합니다. 그러다 내게 여유가 필요할 때 그 여유를 꺼내어 찾아 쓰면 되는 거고요.

세상이 반대로 흘러가고 있습니다. 그러다 가끔은 올바

르게 흘러가고요. 아직 조금 더 살아 봐야 알 것 같습니다. 가끔 반대로 흘러가는 세상에 적응하지 못하고 올바르게 흘러가는 세상에 적응하지 못해서 틀린 방향으로 나아가고 있을 때도 있습니다. 여기서 확실하게 해둬야 할 건 틀림과 다름의 차이를 인지하셔야 합니다. 가야 할 방향을 잘못 가는 건 다른 게 아니라 틀린 겁니다. 다른 것은 이해를 할 수 있지만 틀린 것은 틀린 것입니다. 모두가 틀렸다고 할 때 틀린 게 아니라 다른 것이라는 것을 증명하는 일은 온전히 본인의 몫입니다. 누구에게 책임을 전가할 수도 없는 쓸쓸한 길입니다.

언제나 그랬듯
다 지나갈 거예요

언제부터 진실에도
능력이 필요했나요

진실이 그렇지 않더라도

사실이 아닌 그것들을

변명할 능력이 없다면

그게 진실이 되는 세상

요즘 세상

당연한 것들은
당연하지 않게 되어 가고
당연해서 잊고 살았던 것들은
당연함을 잃어 가는 세상.

특별한 삶이
살고 싶은 당신에게

너무 당연하게도 모든 사람의 삶이 같을 수는 없다. 그렇기에 본인을 제외한 타인의 삶이 특별하게 보이는 건 너무 당연한 이치이다. 누군가의 삶을 부러워하기도 하고 비판하기도 하며 살아가는 게 너무 당연하다는 이야기다. 나의 평범한 하루는 누군가에게 특별한 하루처럼 보일 수도 있다. 이렇듯 특별한 사람이 되는 방법은 간단하다. 자신에게 평범하게 주어진 것들을 평소처럼 평범하게 잘해나가는 것. 그렇게 살다 보면 분명 누군가에겐 나의 삶이 특별하게 보일 테니까.

어릴 땐 하고 싶은 걸 다 해볼 수 있는 시간적 여유라도 있었지 지금의 나에겐 하고 싶은 걸 다 해보고 살기엔 시간이 없다. 사실은 나에게 주어진 여유를 포기하고 싶지는 않다는 말이다. 나쁘게 말하면 하고 싶은 걸 다 하기엔 예전만큼의 열정이 없다는 게 되겠지. 대부분 사람의 열정은 시간이 갈수록 꺾여가는 게 맞다. 나는 그 대부분의 사람에 속해서 열정이 조금씩 꺾여 가는 중이고. 나에게 특별한 삶을 살아가는 사람들은 이런 열정이 꺾이지 않고 열정을 이어가다 못해 열정이 더 불타오르는 사람들일 것이다. 왜냐면 나는 그럴 수는 없을 테고 내가 가져본 적 없는 삶이라 그저 부럽기만 하기 때문이다. 그렇게 살아갈 수 있음에 박수를 보내고 싶다. 하고 싶은 것을 포기하고 누릴 수 있는 것들을 조금씩 포기하며 자신의 삶에 열정을 더하는 사람들이 있기에 그나마 조금이라도 더 열심히 살아야겠다고 느끼는 원동력이 되는 것 같다.

개인의 삶이 특별하지는 않지만, 개인의 삶은 타인에게 종종 특별한 삶으로 보이게 된다. 나 또한 누군가에겐 특별한 삶을 사는 사람이라는 말이다. 그런데 여기서 정말 조심해야 하는 건 가끔 나만 특별하다 생각해서 본인에게 심취해서 살아가게 되는 경우가 있는데, 이건 이런 증상이 오기 전에 막아야 하는 수밖에 없다. 이미 저런 상태라면 무슨 말을 해도 귀에 들리지 않을 테니까. 어떻게 확신할 수 있냐면, 그건 너무 간단한 질문이다. 내가 해봐서 잘 알기 때문이다.

소나기

고작 스쳐 지나가는 소나기일 뿐이지만
내가 가야 하는 길이 그 소나기의 길과 같다면
피한다고 피할 수 있는 일이 아닐 테지.

누군가에겐 소나기는
소나기가 아닐 수도 있지.

기회는 많습니다
실패를 두려워하지만 않는다면

내 일생에서 몇 번의 기회가 주어진 건지 잘 모르겠지만 여태 셀 수도 없이 실패와 함께 한 삶이니 앞으로 몇 번의 실패가 더 있다고 해도 모든 기회가 끝나는 게 아닐 거라 믿어도 괜찮을 것 같다. 실패가 두려워서 도전조차 하지 못할 바에 실패나 하고 경험이라도 쌓아가는 삶을 선택하겠다. 그러다 정말 내 삶에 더이상의 기회가 없어지더라도 괜찮다. 그만큼 실패를 했으면 뭐라도 할 줄 알게 되는 게 사람일 테니까. 혼자 먹고살 만큼의 능력이라도 쌓이겠지. 그게 아니면 아직 경험이 부족하다 생각하고 더 도전할 수 있는 기회가 있는 거라 생각하면 그만이다.

기회는 많습니다.

실패를 두려워하지만 않는다면.

언제나 그랬듯
다 지나갈 거예요

우리가 계절을 견디는 건

여름이 지나 가을이 오고

겨울이 지나 봄이 온다는

확신이 있기 때문일 겁니다

포기는 할 수 있죠
마지막이 될 수도 있고요

당신에게 주어진 모든 기회를 어쩌면 마지막이 될 기회라고 인지해야 합니다. 최선을 다한다고 해서 모든 일이 다 성공에 다다를 수는 없는 겁니다. 최선을 다했음에도 실패가 있을 수 있다는 걸 우린 너무 잘 압니다. 최선을 다했음에도 원하는 결과가 나오지 않을 땐 어떻게 하는 게 최선의 선택일까요. 될 때까지 다시 도전하는 것도 물론 좋은 방법일 수 있습니다. 될 때까지 도전할 수 있는 용기와 멘탈이 받쳐준다면 그것만큼이나 좋은 것은 없을 겁니다. 하지만 대부분의 실패 원인은 최선을 다한 게 아니라 최선을 다하지 않아서 어떤 목표에 다다르지 못하고 실패하게 되는 겁니다.

그러니 내가 최선을 다할 수 없는 일이라는 게 되는 꼴입니다. 스스로 생각하기에는 최선을 다한 것 같지만 사실은 그렇지 않은 거라는 말이죠. 그럴 때 우리가 할 수 있는 일은 마음 편히 포기하는 것입니다. 나에게 맞지 않는 것을 빠르게 포기하기 새로운 것을 도전할 시간과 멘탈을 조금이라도 더 확보하셔야 합니다. 누차 말하지만 그렇다고 해서 포기가 습관이 되어서는 안 됩니다. 포기는 필요한 순간에 나와야 하는 것이지 '아, 힘든데?'라는 생각 한 번에 나와서는 안 되는 겁니다. 앞으로 우리 개인의 삶에 몇 번의 기회가 더 있을지는 모릅니다. 그러니 이번 기회도 당연히 마지막이 될 수 있다는 생각을 잊어서는 안 됩니다.

모든 생각과
모든 판단에

내 생각 모든 것이 정답일 수는 없고, 나의 판단이 전부 옳을 수는 없다. 그렇다고 해서 타인의 생각이 모두 정답이거나 타인의 판단이 모두 옳을 수도 없는 일이다. 무언가를 판단해야 하는 일이 생긴다면 타인의 충고를 듣는 일을 무시하거나, 전적으로 모든 결정을 타인에게 맡겨서는 안 되는 이유이다. 여럿의 생각을 한 곳이 정답이라고 가르친다고 해서, 그게 정말로 옳은 답이 되지 않을 수도 있다는 걸 잊지 마라. 어떤 생각이든 생각은 자유롭게 할 수 있고, 어떤 판단을 하더라도 후회가 따를 수 있다. 원래 모든 결정에는 후회가 있을 수밖에 없는 것이다. 살아보니 그렇다. 더 나은 선택은 없었을까 생각하면서 드는 후회는 자연스러운 이치이다. 모든 생각과 모든 판단에 덜 후회할 쪽을 선택하길 바란다.

거짓말

전부 다 잘될 수 있다는 거짓말은 하지 않겠습니다. 전부 다 잘 안 될 수도 있습니다. 그래도 혹시 모르잖아요. 정말 다 잘될 수도 있는 일이니까요. 정해진 답이 없는 삶을 살고 있는 겁니다. 답을 미리 정해두지 말아요. 답을 정하는 건 결과가 나온 후에나 해도 늦지 않아요. 어차피 결과로 나온 것들이 실패가 되거나 정답이 되는 세상이니까요. 오답이라는 게 없는 세상입니다.

본인의 멋대로 살아가도 됩니다

내가 틀린 게 아니라 남들과

다른 것임을 증명할 수만 있다면요

흘러넘치다

빈 수레는 요란한 법입니다. 아무것도 채워지지 않아서 흔들리기 쉽기 때문일 겁니다. 그렇다고 해서 가득 찬 수레가 요란하지 않은 것은 아닙니다. 가득 찬 수레를 이끌고 갈 수 있을 만큼의 여력이 되어야 요란하지 않게 잘 이끌고 갈 수 있는 겁니다. 이처럼 사람은 각자 받아들일 수 있는 그릇 같은 게 있습니다. 그 그릇보다 받아들여야 하는 게 많으면 흘러넘치게 되는 거고요. 엄청난 노력이 있어도 완성된 결과를 어찌할 줄 모른다면 성공이라고 하기는 힘들 겁니다. 어떤 결과든 하나하나 차근차근 쌓아 가야 하는 겁니다. 설령 실패하더라도 말이죠. 당신의 그릇에서 흘러넘치는 게 노력으로 이루어 낸 것들이 아니길 바랍니다.

멋대로 살아도 됩니다
다름을 증명할 수 있다면

개인의 생각만으로도 살아갈 수는 있는 세상입니다. 다만 틀리지 않고 그저 다를 뿐이라는 것을 반드시 증명을 해야 할 뿐입니다. 이 부분이 가장 어려운 부분이기도 하고요. 내가 태어나기 전의 과거를 살아본 적이 없으니 지금이 얼마만큼 살아가기 편해진 세상인지는 모르겠지만 개인의 취향이나 의견이 많이 존중이 되고, 그로 인한 변화가 많이 일어난 세상입니다. 그래서 세상을 탓하는 게 예전만큼 공감이 되는 일은 아니라는 겁니다. 어느 분야가 되었든, 개인의 능력에 따라 바뀌는 게 너무 많은 세상입니다. 완벽할 수는 없어도 완벽에 가까울 수는 있고, 부족한 게 있으니 부족한 것을 채워 나가는 건 당연한 이치입니다. 차라리 속 편하게 부족한 삶을 살고 있는 것에 감사해야겠습니다. 아주 약간의 노력도 하지 않고 나태하게 살아갈 뻔 했습니다.

증명

기억하세요.

노력에 대한 인정은 강요하는 게 아닙니다.

증명하는 방법밖에 없습니다.

확실하지 않은
혹시나 하는 마음이라도

세상엔 엄청난 능력을 타고난 천재라고 불리는 사람들이 많다. 물론 난 그런 부류의 사람이 아니라 잘 알지는 못하지만, 개인적으로 이 사람은 정말 천재성을 갖고 태어난 듯한 사람들의 이야기를 들어보면 몇 번의 실패에도 굴하지 않았거나 실패를 두려워하지 않는 자세, 그리고 무엇보다 일단 하고 보는 경우가 많았다. 천재와 일반인을 결정짓는 가장 큰 요소인 것 같다. 천재라고 불리기 전에 그 사람들도 모두 일반적인 사람이었다. 천재가 되고 싶어서 된 게 아니라 수많은 실패와 도전 끝에 결국 자기와 맞는, 누군가에게는 천재라고 불릴 수도 있는 일을 찾은 것일 뿐이다.

대부분의 사람은 확신을 가지고 무언가에 임하는 것이 힘들 수도 있다. 그러니 혹시나 하는 마음으로, 한번 속는 셈 치고 무언가를 도전이라도 했으면 좋겠다. 아무것도 하지 않으면 아무것도 될 수 없으니까. 아무것도 아닌 삶을 살고 싶은 사람은 아무도 없으니까. 혹시라도 아무것도 아닌 삶을 살고 싶은 사람이 있다면 그건 아직 철이 덜 든 사람으로밖에 이해되지 않는다. 다들 어느 정도의 욕심은 갖고 살아갈 테니 그 욕심의 끝이 어디인지는 혹시나 하는 마음으로라도 도전하길 바란다.

혹시나 하는 마음은

무언가를 도전할 때

큰 원동력이 될 수도 있지만,

무너지게 되는 계기가 될 수도 있지.

박수

응원이 담긴 박수를 받는 사람은

성공한 사람이 아니라

실패할 때마다 다시 일어서는 사람이다

가만히 있어서는
나는 변하지 않는다

가만히 있어서는 사람은 변하지 않는다. 스스로의 삶에 무언가 변화를 주고 싶다면 변하기 위한 최소한의 노력은 해야 한다는 말이다. 우리의 삶이 계절 같지는 않아서 스스로 때가 되면 변하고 그러지는 않는다. 그러니 내 삶을 계절에 비유하는 일을 이제 더는 하지 않겠다. 추운 겨울이 지나 따뜻한 봄이 오거나 무더운 여름이 지나 선선한 가을이 오는 것처럼 지나갔으면 하는 일들을 아무 노력 없이 지나가기만을 기다리는 짓을 그만두겠다. 내 삶에 또렷한 사계절은 없다. 여름이었다가 겨울이 될 수도 있고 언젠간 또 봄이었다가 가을이 될 수도 있다. 지금 내가 원하는 계절로 가고 싶다면 그만한 노력을 하는 삶을 살겠다고 다짐하는 것이다.

생각해 보자. 무더운 여름에 장마까지 겹쳐 습하기까지 한 날이 몇 날 며칠이 아니라 평생을 그렇게 살고 싶은

지. 내 대답은 당연히 아니요다. 그러니 더는 나태해지지 않겠다. 물론 이 다짐이 언제까지 이어질지는 모르겠지만 작심삼일이 될지언정 조금씩이라도 변화하는 삶을 살아야겠다. 이대로는 아무것도 아닌 사람으로 살아가게 될 테니까. 살아갈 수나 있을지 확신도 없다.

세상이 변해가는 건
속도의 문제가 아니겠지

종종 내가 세상의 속도에 따라가지 못하고 있다는 생각이 든다. 세상이 너무 빠르게 바뀌는 탓도 있을 테지만 아무리 생각해봐도 비정상적으로 하루에도 몇 번씩 세상이 변하고 있다. 내가 아무리 아등바등하고 어떻게든 변해 가는 세상의 속도에 맞춰 살아가려고 해도 변화의 속도에는 미치지 못한다. 노력하지 않고 살아갈 수는 없으니 어쩔 수 없이 하는 노력이지만 이 노력의 결과가 과연 무엇으로 돌아오게 될지 확신이 없다.

세상을 탓하기에는 내가 이 세상을 살아가야 하는 이상 그러고 싶지 않다. 세상을 탓하게 되는 순간 모든 것들을 무너트려야 할 것 같은 의무감이 생길 것 같기 때문이다. 그래도 지금까지 살아왔으니 약간의 의무감이나 정의감이 들어서 그런 것 같다. 어릴 적에는 어떻게 살아가야 할지 갈피를 잡지 못했었다면, 요즘은 어떻게 이 세상을 따라가야 할지 좀처럼 감을 잡을 수 없다.

사실 세상이 빠른 게 아니라 가는 방향만 같을 뿐 길이나 속도가 다를 뿐인데. 결국 도착은 하게 될 텐데 말이지. 뭐가 어떻게 됐든 도착만 하면 되는 거니까.

세상이 변해가는 건

속도의 문제가 아니겠지.

우울

살다 보면 우울한 감정이 사람을 지배하는 날이 찾아오기도 한다. 어디까지 우울할 수 있을까 궁금할 만큼 한없이 우울해지기도 한다. 어느 날의 우울은 한없이 우울한 탓에 삶의 이유나 존재 이유조차 부정하기도 했다. 근본적인 것부터 내가 잘하는 게 무엇인지 여태 살아오며 내가 한 일이 무엇인지 쓸데없는 생각이나 하기도 했다.

아무것도 하지 않았더라면 아무것도 되지 않았을 텐데, 지금의 난 뭐라도 되어가고 있다. 아무것도 하지 않았다고는 할 수 없지만, 무엇이 되었다고 명확하게 말할 수도 없다. 무엇이든 되어야 한다면 무엇이 되기 위한 노력이 필요하다. 하지만 이 우울이라는 감정이 아무것도 할 수 없게 만들곤 했다. 나의 문제일 수도 있겠고 너무 빠른 세상을 탓할 수도 있겠지만, 일단 나의 탓을 해야 한다.

나와 관련된 일에서 모든 문제는 먼저 나에게 있는 것이고 그 문제를 해결할 수 없으면 나는 더 나아갈 수 없는 사람이 되는 것이다. 나를 지배하고 있던 우울도 어느 순간 사라지게 될 테지만 우울한 건 당장 극복할 수 없는 일이다. 그러니 가끔 우울함을 빌미로 불쌍한 척 정도는 해도 괜찮을 것 같다.

아마 오늘의 우울을 겪으며

오늘 내가 한 일이라곤

불쌍한 척이 전부일 것이다

현실부정

부정할 수 있는 건
고작 현실밖에 없어서
현실을 부정하다보면
내가 아닌 내가 되겠지.

아무것도 아닌
나도 모르는 내가.

힘들어도
결국 괜찮아 지겠지

살다 보면 누구에게나 힘든 순간이 존재하고, 그 순간
들을 이겨낸 작은 노력이 모여서 지금의 나를 만들어 낸
것이겠지. 그렇다면 앞으로 내게 닥칠 어떤 삶의 위태로
운 순간을 어떤 노력으로 이겨내게 될 것이고, 그 노력은
내일의 나를 만들겠지. 어쨌든 힘든 순간이 내게 닥쳐도
결국은 괜찮아질 테고. 이런 일이 계속 반복되는 게 삶
인 거겠지.

체념해야지.

계절

가만히 있어도 바뀌는 계절이 부럽습니다. 때가 되면 자연스레 바뀌는 계절의 부지런함을 갖고 싶습니다. 조금 서툴거나 늦을 수는 있어도 반드시 바뀌는 계절 같은 사람이 되고 싶습니다. 어느 계절은 너무 절절해서 쉬어가야 할 계절이라도 만들어 두고 계절처럼 살고 싶습니다.

언제나 그랬듯
다 지나갈 거예요

참 벅찬 세상입니다. 이런 세상을 저와 함께 살아주셔서 감사합니다. 이런 세상이라도 괜찮습니다. 아무리 힘들어도 언제나 그랬듯 다 지나갈 겁니다.

언제나 그랬듯 다 지나갈 거예요

1판 1쇄 발행 2020년 12월 28일
1판 3쇄 발행 2021년 02월 17일

지 은 이 동그라미

발 행 인 정영욱
기획편집 정영주 유지수

펴낸곳 (주)부크럼
전 화 070-5138-9971~3 (도서기획제작팀)
이메일 editor@bookrum.co.kr
인스타그램 @bookrum.official
블로그 blog.naver.com/s2mfairy
포스트 post.naver.com/s2mfairy

ⓒ 동그라미, 2020
ISBN 979-11-6214-349-0